「あ、やめろっ」
「やめませんよ。
俺、今、ひどく貪欲な気分だから」

寝技には秘密がある♥

♥

南原 兼

イラスト／旭炬

もえぎ文庫ピュアリー

寝技には秘密がある♥
The Groundwork Techniques are Secret.
山《やま》下《した》順《じゅん》平《ぺい》
月夜の宮学園剣道部の副部長。綾斗に積極的にアプローチしたが、あえなくフラれてしまい、それ以来"男性機能"を喪失している。高1。
白《しら》鳥《とり》麗《れ》音《おん》
月夜の宮学園の生徒で、売れっ子モデル。綾斗や輝夜とは幼馴染み。片想いしていた綾斗と、ようやく恋人同士になれた。高2。
姫《ひめ》宮《みや》綾《あや》斗《と》
可憐な容姿とはうらはらに、「月夜の宮の猛者姫（もさひめ）」と名高い、武芸百般の男の子。月夜の宮学園剣道部の部長。高2。

introduction・・・・・・

森に囲まれた全寮制の男子校、月夜の宮学園。その豪華絢爛な学び舎では、セレブリティな生徒たちが秘密の恋を繰り広げていた。輝夜＆千早、麗音＆綾斗に続き、今回の恋の物語を紡ぐのは……？

月城《つきしろ》輝夜《かくや》

月夜の宮学園のキレモノ生徒会長。また、謎の美女「セレーネ」としてモデル活動をすることもある。千早とは恋人同士。高2。

有栖川《ありすがわ》 千早《ちはや》

月夜の宮学園で学業に勤しむかたわら、超売れっ子美少女モデルの「アリス」としても（正体を隠して）活躍中の男の子。高2。

中津川《なかつがわ》 冬吾《とうご》

月夜の宮学園柔道部の部長。綾斗が麗音と付き合うことを知り、綾斗に気持ちを伝える前にフラれてしまう。高2。

CONTENTS

寝技には秘密がある♥

7 SECRET★1
〔仔犬じゃなくて、狼？★〕

53 SECRET★2
〔憎いのに、気になるアイツ★〕

83 SECRET★3
〔甘え上手な狼の罠★〕

113 SECRET★4
〔どこまで本気★〕

147 SECRET★5
〔回復祝いに奪われて★〕

191 SECRET★6
〔俺もおまえにフォーリンラブ★〕

229 キャラクター設定集

234 巻末描きおろしマンガ
『隙だらけ♥』

235 旭炬先生
描きおろしフリートーク

236 あとがき

240 投稿募集のお知らせ

寝技には秘密がある♥

SECRET★1 〔仔犬じゃなくて、狼？★〕

全寮制《ぜんりょうせい》の男子校、月夜《つきよ》の宮学園《みやがくえん》。

ベルサイユを模《も》して造られたという豪奢《ごうしゃ》な庭園《ていえん》の中を、黄金色《こがねいろ》の朝陽《あさひ》を映《うつ》した運河《うんが》が、優雅《ゆうが》にきらめきながら流れてゆく。

夏休みを目前に控《ひか》えた土曜日の朝、柔道部《じゅうどうぶ》の部長で二年の中津川冬吾《なかつがわとうご》は、ガラス張りの渡り廊下《ろうか》の半《なか》ばを過ぎたあたりで、ふと足をとめた。

ガラス越《ご》しに見下ろす運河の乱反射《らんはんしゃ》がまぶしすぎて……。

朝食を終え、中央棟《ちゅうおうとう》の最上階にある食堂から、寮の自室へ戻る途中《とちゅう》だ。

とっさに目をかばった腕《うで》を下ろすと、冬吾《とうご》は力なく肩を落として、ため息をついた。

中等部の頃《ころ》から冬吾《とうご》がひそかに熱《あつ》い想いをいだいていた剣道部《けんどうぶ》の部長でクラスメイトの姫宮綾斗《ひめみやあやと》が、幼馴染《おさななじ》みの白鳥麗音《しらとりれおん》と電撃入籍《でんげきにゅうせき》ならぬ突然《とつぜん》の交際宣言《こうさいせんげん》で、学園中を騒《さわ》がせてから、早くも一ヶ月近くが経《た》つ。

けれど、冬吾《とうご》の失恋《しつれん》の痛手《いたで》は、一向《いっこう》に癒《い》える気配《けはい》がなかった。

食欲《しょくよく》も激減《げきげん》して、今朝も焼肉定食《やきにくていしょく》のどんぶり飯《めし》を二杯平らげただけで、胸もおなかもいっぱいという小食《しょうしょく》ぶり（当社比《とうしゃひ》）で、食堂のおじちゃんならぬダンディなギャルソン長にまで、身体の心配をされてしまったところだ。

（俺《おれ》って、繊細《せんさい》だからな）

自分で思っていた以上に、綾斗《あやと》にマジ惚《ぼ》れしていたらしい。

美少女のような可憐《かれん》な容姿《ようし》のくせに学園一の猛者《もさ》である綾斗《あやと》は、『月夜《つきよ》の宮《みや》の猛者《もさ》姫《ひめ》』と呼ばれる学園の（特に体育会系の）アイドルだ。

武芸百般《ぶげいひゃっぱん》の綾斗《あやと》は、格技系《かくぎけい》の複数《ふくすう》の部に特別顧問《とくべつこもん》として所属《しょぞく》していて、冬吾《とうご》が部長をしている柔道部もその例外《れいがい》ではなかった。

潤《うるお》いのない男子校だけに、他の取り巻きたち同様、姫と崇《あが》めて騒ぐための対象として、綾斗《あやと》を見ていたはずだったのに。

気がつくと、冬吾《とうご》は、男の園に凛《りん》と咲く涼《すず》しげな白百合《しらゆり》のような綾斗《あやと》に、すっかり恋をしてしまっていたのである。

もちろん、精神的な意味合いだけでなく、性的な意味でも。

（う、まずい）

はだけた柔道着の白い胸元にちらりと覗《のぞ》く綾斗《あやと》のピンク色の乳首《ちくび》が、脳裏《のうり》に浮かんだだけで、股間《こかん》が反応して、歩き方がぎこちなくなる。

甘いピーチの香りを漂《ただよ》わせた綾斗《あやと》の身体を可愛《かわい》がることができるのならば、寿命《じゅみょう》が半分になってもかまわないとさえ思えるほどに。

だが、そんな綾斗《あやと》の愛らしい身体を独《ひと》り占《じ》めしているのは、自分ではなく、別の男なのだ。

（おのれ、白鳥《しらとり》麗音《れおん》め！　うらやましい……じゃなくて、憎《にく》らしいっ）

いくら幼馴染《おさななじ》みとはいえ、よりによって綾斗《あやと》はなぜ、麗音《れおん》のようなちゃらちゃらした男を恋人に選んだのだろう？

「俺のほうが、百倍イイ男なのに」

勢いで口走るが、自己検閲《じこけんえつ》にひっかかって、最後は自信なさげな小声になる。

麗音《れおん》はたしかに軟弱《なんじゃく》そうだが、フランス人とのハーフだからか、背は高いし、モデル界のプリンスと呼ばれているほどの超絶美形野郎《ちょうぜつびけいやろう》なのである。

（ちくしょう。姫宮《ひめみや》の面食《めんく》いめっ。とにかく！　俺のほうが、あいつなんかより一万倍、男らしいってのに）

これなら嘘《うそ》ではあるまいと自分に云《い》い訳《わけ》して、冬吾《とうご》は一人うなずいた。

しかし、麗音《れおん》のその一見弱々《よわよわ》しいところが、綾斗《あやと》の守ってやりたい本能《ほんのう》をがっちりキャッチしているとは、冬吾《とうご》には思いも寄らない。

どうしても納得《なっとく》できないとばかりに握《にぎ》りしめたこぶしを、冬吾《とうご》は無意識《むいしき》に振り上げる。

それを廊下《ろうか》のガラス窓に叩《たた》きつけかけて、冬吾《とうご》は寸前《すんぜん》で我《われ》に返った。

（物に当たろうとするなんて、俺らしくもない）

真に強い男としてあるまじき愚行《ぐこう》を犯しそうになったことで、なおさら疲弊《ひへい》しながら、冬吾《とうご》はとぼとぼと歩き出した。

こんなときは、柔道でいい汗を流して、すっきりするのが一番なのだが。

土曜日で授業はないが、期末《きまつ》テストの最中《さいちゅう》なので、あいにく部活は禁止されている。

「仕方《しかた》ない。ふて寝でもするか……」

吐息《といき》まじりにつぶやいて、中央が吹き抜けになった寮棟《りょうとう》の内廊下《うちろうか》を、自室に向かって歩《ほ》を速めようとしたそのとき。

「……っ！」

かたわらのドアが突然《とつぜん》開いて、男子生徒が一人、廊下に転がり出てきた。

（部屋を追い出されたのか？）

その証拠《しょうこ》に、開いたドアはすぐに荒々《あらあら》しく閉ざされ、自動的に鍵《かぎ》のかかる音が、がちゃりと無情《むじょう》に廊下に響《ひび》き渡った。

「おいっ」

ドアにしがみついて、閉じたままのそれを片手で呆然《ぼうぜん》と叩《たた》いているその男子生徒の顔を見て、冬吾《とうご》は首をひねる。

同学年ではないが、見覚《みおぼ》えのある顔だ。

「おまえはたしか……」

まだどこか少年っぽさを残してはいるが、すでに男の色気《いろけ》を漂わせているその下級生の名前が、脳裏《のうり》で形になるより先に、唇《くちびる》から唐突《とうとつ》に零《こぼ》れ出た。

「山下順平《やましたじゅんぺい》とかいったな。姫宮《ひめみや》のところの副将《ふくしょう》の」

「あなたは……」

振り返るその顔を見て、冬吾《とうご》は確信《かくしん》する。

間違《まちが》いない。綾斗《あやと》が目をかけている剣道部の副部長の一年生だ。

柔道部まで綾斗《あやと》を迎《むか》えにきていたのを、冬吾《とうご》も何度か目撃《もくげき》している。

「柔道部の主将《しゅしょう》の、中津川先輩《なかつがわせんぱい》か」

ドアからゆらりと身体を離し、姿勢《しせい》良く背筋《せすじ》を伸ばして顔をあげた順平《じゅんぺい》は、意外にも、冬吾《とうご》より目線が上だった。

(うん?)

冬吾《とうご》は思わず首をかしげる。

綾斗《あやと》にべったりなこの後輩《こうはい》は、もっと背が低かったような気がしていたからだ。

視線《しせん》の動きで、冬吾《とうご》の戸惑《とまど》いに気づいたのか、順平《じゅんぺい》は、薄く瞳《ひとみ》をすがめ、肩をすくめた。

「この一ヶ月で、七センチほど伸びましたけど?」

「あぁ、どうりでな」

「育ち盛りですから」

そっけなく云《い》い捨てると、順平《じゅんぺい》は、胡散《うさん》くさげに冬吾《とうご》を横目でにらんだ。

「俺に、なにか用ですか?」

無愛想《ぶあいそう》な順平《じゅんぺい》の口調《くちょう》に、冬吾《とうご》はムッとする。

(先輩に向かって、なんだ？　この態度《たいど》は)

後輩のしつけをちゃんとするように、綾斗《あやと》にうるさく云《い》っておかなければ……。

順平《じゅんぺい》をにらみ返しながら、冬吾《とうご》はふとあることに気づく。

(そういえば、こいつも姫宮《ひめみや》を……)

順平《じゅんぺい》の態度はわかりやすすぎて、その激しい思慕《しぼ》と欲望《よくぼう》に気づいていなかったのは、おそらく極《きわ》めて鈍感《どんかん》な綾斗《あやと》自身だけだろう。

そう思えば、順平《じゅんぺい》の無礼《ぶれい》な態度にも納得がいく。

冬吾《とうご》も順平《じゅんぺい》も麗音《れおん》に敗れはしたものの、綾斗《あやと》をめぐる恋のライバルには違いないからだ。

(だから、俺に対して、敵意剥《てきいむ》き出しなのか)

子供っぽい順平《じゅんぺい》の態度がつい可愛らしく思えて、冬吾《とうご》はくすっと笑いを洩《も》らす。

「なんですか？」

すぐにくってかかってくるところも、ガキの証拠だ。

「いや。別に」

さらにこみあげてくる笑みをこらえるために、冬吾《とうご》は視線を下にそらす。

その瞬間《しゅんかん》、目にした物のせいで、冬吾《とうご》は咳《せ》きこみそうになった。

「お、おい。それ……」

「え？」

怪訝《けげん》そうに冬吾《とうご》の視線をたどって自分の下腹を覗《のぞ》きこんだ順平《じゅんぺい》は、「あぁっ」と叫んで、全開になったジーンズのファスナーをひっぱり上げた。

「なにやら事情がありそうだな」

はみだしたシャツをジーンズのウエストにあわててつっこんでいる順平《じゅんぺい》に、冬吾《とうご》は声をかける。

「あ。……まぁ、ちょっと」

「夜這《よば》い、いや、朝這《あさば》いして追い出されたってとこか？」

閉じたままのドアを目線で示しながら、冬吾《とうご》は声をひそめて訊《き》く。

だが、冬吾《とうご》の推理《すいり》は外れたらしく、順平《じゅんぺい》は、力なく首を横に振った。

「ここ、俺の部屋なんですけど」

「なんだって？　てことは」

「朝這いされたのは、俺です」

疲れ果《は》てたように吐息《といき》をついて順平《じゅんぺい》はそっぽを向くが、整ったその横顔にはどことなく自慢《じまん》げな雰囲気《ふんいき》が漂っている。

（ガキのくせに、モテやがって）

同じ男としての嫉妬《しっと》にメラッと身体が熱くなるが、ここでイラついては情けないと自分をなだめて、冬吾《とうご》は優しげな先輩口調でさらに問いつめた。

「じゃあ、なぜおまえが閉め出されてるんだ？」

「それは……」

云《い》いづらそうに、順平《じゅんぺい》は言葉をつまらせる。

そんな順平《じゅんぺい》が、哀《かな》しげに耳をたれた迷子の仔犬《こいぬ》のように見えて、冬吾《とうご》は思わず救いの手を差し伸べてしまっていた。

「俺の部屋に来るか？」

「あなたの？」

戸惑《とまど》うように、順平《じゅんぺい》が瞳《ひとみ》を上げる。

「あぁ。なんなら相談にのるぞ」

冬吾《とうご》は軽く首をすくめてみせる。

「姫宮《ひめみや》にふられた者同士だしな」

順平《じゅんぺい》は瞳を細めて、真意《しんい》を探るようにしばらく冬吾《とうご》を見つめていたが、開く気配《けはい》のない自室のドアをちらりと見遣《みや》って、渋々《しぶしぶ》とうなずいた。

「入れよ」

「失礼します」

ワインカラーのドアを開けて中へいざなう冬吾《とうご》に軽く一礼したあと、部屋に上がろうとして、順平《じゅんぺい》はハッとしたように自分の足元を見る。

「すみません。俺、裸足《はだし》」

「ん？　あ……」

オートロックのドアをうしろ手に閉めながら順平《じゅんぺい》の足元を覗《のぞ》きこんだ冬吾《とうご》は、ため息をついた。

「靴《くつ》を履《は》く間も待ってもらえないとは、おまえ、いったいなにをやらかしたんだ？」

憐《あわ》れみのまなざしを向ける冬吾《とうご》から、順平《じゅんぺい》は無言《むごん》で瞳をそらす。

「人には云えないことか？」

「さぁ……」

あいまいにごまかす順平《じゅんぺい》の肩を、冬吾《とうご》は優しく叩《たた》いた。

「まぁ、いい。ちょっとここで待ってろ」

そう云い残して奥へ消えると、冬吾《とうご》は濡《ぬ》らしたタオルを片手に戻ってくる。

「これで足を拭《ふ》いてから上がれ」

「しかし」

「いいから、ここまで来て、遠慮《えんりょ》するな。共にふられた仲だろ」

濡れタオルを握《にぎ》らせながら、冬吾《とうご》は順平《じゅんぺい》の肩をポンと叩いた。

「あまり嬉《うれ》しくない関係だな」

ぼそりと順平《じゅんぺい》がつぶやくのを聞いて、冬吾《とうご》も乾《かわ》いた笑いを洩《も》らす。

「ははは……。たしかにな」

冬吾《とうご》はふたたび深いため息を洩らすと、順平《じゅんぺい》に背中を向け、肩でうながした。

「来いよ」

「……お邪魔《じゃま》します」

順平《じゅんぺい》も観念《かんねん》したのか、素早く足をぬぐって、冬吾《とうご》についてくる。

ドアの色と同じワインカラーで統一《とういつ》されたリビングに通された順平《じゅんぺい》は、うつむいていた顔をふいにあげて、瞳《ひとみ》を細めた。

「ん?」

興味《きょうみ》をひかれたように室内を見まわしている順平《じゅんぺい》に気づいて、冬吾《とうご》は、あぁ……と、うなずいた。

(この色のせいか)

月夜の宮学園の寮には七色のテーマカラーがあって、本人の好みとは関係なく、ルーレットのようにランダムに、その中のどれかに決められてしまう。

ドアはもちろん、ソファーや天蓋《てんがい》付きベッドや配給《はいきゅう》されるタオル等のファブリックにいたるまで。

なので、慣《な》れない色合いのよその部屋に入って、戸惑《とまど》うのはよくあることだ。

順平《じゅんぺい》が閉め出された部屋のドアの色を思い出して、冬吾《とうご》は確認する。

「おまえの部屋は、たしか、グリーンだったな」

それも、深い森を思わせるフォレストグリーン。

「ええ。でも、部屋の色は別に問題じゃなくて」

「だったら、なにをそんなに物珍《ものめずら》しげにしてるんだ？」

「配置《はいち》……」

順平《じゅんぺい》の視線を追って、自室のリビングを見まわしながら、冬吾《とうご》は首をかしげる。

「なにか変か？」

「いえ。俺と一緒だなと思って。あそこの空間を広く開けてあるのは、自主トレをするためですよね？」

「なんだ、そっちか」

ぎりぎりまで壁《かべ》に寄せられたワインカラーのソファーセットと、なにも置かれていないフローリングの床の、不自然ともいえるバランス配置を順平《じゅんぺい》に指摘《してき》され、冬吾《とうご》は肩をすくめた。

「おまえの云《い》うとおりだ。ありがたいことに、この寮は防音完備だし、あいつを相手に、技の研究とかをだな」

冬吾《とうご》が顎《あご》で指し示すほうを見た順平《じゅんぺい》は、奥にある簡易《かんい》キッチンのカウンターテーブルの椅子《いす》に腰掛《こしか》けさせられている間の抜けた顔をした手足の長い大きなクマのぬいぐるみを見つけ、瞳《ひとみ》を見開く。

次の瞬間《しゅんかん》、噴《ふ》き出す順平《じゅんぺい》を見て、冬吾《とうご》は唇《くちびる》を咬《か》んだ。

「す、すみません。つい」

「よくも俺のショーヘイを見て笑ったな。投げ飛ばされたいか！」

「いや、遠慮《えんりょ》します。俺も命は惜しいですから」

まだ笑いをこらえている順平《じゅんぺい》を責めるようににらむと、その引き締《し》まった上腕を肩でつつきながら、冬吾《とうご》はうながす。

「いいから、好きな場所に座れ。茶くらいはいれてやる」

「はい。ご馳走《ちそう》になります」

これまでの仏頂面《ぶっちょうづら》とは打って変わったさわやかな笑顔でうなずくと、順平《じゅんぺい》はソファーではなく、床の上に行儀《ぎょうぎ》よく正座《せいざ》した。

「それにしても、意外と、綺麗《きれい》にしてるんですね？」

「意外って……」

冬吾《とうご》は、聞き捨てならぬとばかりに、順平《じゅんぺい》を肩越《かたご》しに振り返り、吐息《といき》まじりにふたたびにらむ。

「おまえの中で、俺はどんなイメージなんだよ？」

「……少々、がさつ？」

「こら、疑問系《ぎもんけい》で云うな。ギャルじゃあるまいし……。まぁ、問題はそこじゃないけどな。なぁ、ショーヘイ」

キッチンに向かう途中《とちゅう》でぬいぐるみの頭を撫《な》でつつ愛《いと》しげに語りかける冬吾《とうご》を見上げて、順平《じゅんぺい》は不思議そうに目を細めた。

「ショーヘイっていうんですか？　そのクマ」

「そう。子供の頃から俺が憧《あこが》れている人と同じ名前で。……って、なんで、こんな話、おまえにしてるんだ？」

「さぁ？　俺に訊《き》かれても」

「とにかくだ」

冬吾《とうご》は恥《はじ》らうように目元を赤くして顔をそむけると、クマ模様《もよう》のマグカップに玄米茶《げんまいちゃ》を注ぎ入れながら、順平《じゅんぺい》に厳しく云い含めた。

「今耳にしたことは、絶対誰《だれ》にもしゃべるなよ」

「はぁ。誰にもしゃべりません」

困惑《こんわく》げな顔で、順平《じゅんぺい》が誓《ちか》う。

「よし。男と男の約束だからな」

マグカップを片手に持って戻ってきた冬吾《とうご》は、ぬいぐるみにするように、順平《じゅんぺい》の頭をくしゃりと撫《な》でながら云《い》った。

ますます戸惑《とまど》った様子で、撫でられた頭を片手で探っている順平《じゅんぺい》の前に、冬吾《とうご》はどかっと座りこんで、あぐらをかいた。

「さぁ。おまえも、秘密を話せ」

秘密の交換《こうかん》とばかりに、冬吾《とうご》がせかす。

「やっぱり話さなきゃ、だめですか?」

「なんだ? 往生際《おうじょうぎわ》が悪いな。それでも男か? ちゃんと、ついてるんだろ!」

ジーンズの股間《こかん》を冬吾《とうご》が目で示しながら煽《あお》ると、順平《じゅんぺい》は、なぜか途方《とほう》に暮《く》れたように視線を泳がせた。

「おい? やまじゅん」

心配そうに身を乗り出して声をかける冬吾《とうご》に、順平《じゅんぺい》は咎《とが》めるような上目遣《うわめづか》いで不満を訴《うった》える。

「その呼び名はちょっと」

「うん? 山下順平《やましたじゅんぺい》だから、略して『やまじゅん』だろ?」

「そうですけど。……できれば略さないでくれませんか？　あなただって、『わう』とか呼ばれるの、いやでしょう？」

「わうっ？」

耳慣《みみな》れない単語の響きに、冬吾《とうご》は、すかさず訊《き》き返した。

「なんだ、それは？」

「だから、中津川冬吾《なかつがわとうご》の『わ』と『う』を取って、『わう』」

「はぁぁ？　略しすぎだろうがっ」

呆《あき》れて叫ぶ冬吾《とうご》をちらりと窺《うかが》いながら、順平《じゅんぺい》はクマさんマグに手を伸ばす。

「あなたが俺を『やまじゅん』と呼ぶのなら、俺は『わう先輩』と呼びますけど？」

「な……っ。俺は、わんこか？」

「はい。結構可愛いかも。あ、……いただきます」

カップの底に片手を添えて、しれっと上品に玄米茶《げんまいちゃ》をすする順平《じゅんぺい》を見遣《みや》り、冬吾《とうご》は吐《と》息《いき》をついた。

「わかった、わかった。おまえのことは、順平《じゅんぺい》と呼ぶことにする。いいな？」

「苗字《みょうじ》じゃ呼ばないんですか？」

問いかける順平《じゅんぺい》を横目で流し見ながら、冬吾《とうご》は、こくりとうなずく。

「俺の憧《あこが》れの人が『山下《やました》』だから、呼び捨てにするのはちょっとな」

「え？」

冬吾《とうご》の返答に、順平《じゅんぺい》がびくりと目をあげた。

「先輩の憧れの人、あのクマと同じ名前だって、さっき」

「あ？　あぁ。ばれちまったか」

照れ隠しに指で前髪をかきあげながら、冬吾《とうご》は打ち明ける。

不承不承《ふしょうぶしょう》を装ってはいるが、好きな人のことは、誰かに話したくてたまらないのが本音だ。

もちろん、綾斗《あやと》への気持ちとは別の意味での『好き』ではあるが。

「実は、俺の憧れの人は、アクション俳優の山下昇平《やましたしょうへい》なんだ。子供の頃に再放送で見てた柔道ドラマで主人公のライバル役やってて、フラメンコを踊りながらすごい必殺技《ひっさつわざ》を繰《く》り出したり、柔道着にマントと仮面姿《かめんすがた》で人助けをしたり……」

無言で聞いている順平《じゅんぺい》がふいに気になって、冬吾《とうご》はいったん言葉を切る。

（ドン引きされたか？）

「おまえも知ってるだろ？　人気ドラマシリーズの『土曜日の刑事《デカ》たちへ』で主役やってる……」

探《さぐ》りを入れるように、あらためて話を振り直し、順平《じゅんぺい》の反応を待つ。

順平《じゅんぺい》のほうも窺《うかが》うような視線を冬吾《とうご》に投げると、顔をそむけてうなずいた。

「知ってますよ。俺の親父《おやじ》だし」

「な、なんだって？」

冬吾《とうご》は弾《はじ》かれたように、順平《じゅんぺい》の肩に両手でつかみかかった。

「うわっ」

お茶の入ったマグカップをとっさに安全な場所に避難《ひなん》させる順平《じゅんぺい》を、冬吾《とうご》は床に押し倒しながら問いつめる。

「土刑事《どデカ》のショーヘイが、おまえの親父さん？　……マジかよ」

「はぁ、マジです」

冬吾《とうご》に上からのしかかられたまま、順平《じゅんぺい》は首を縦《たて》に振った。

「うーむ」

順平《じゅんぺい》の整った顔をまじまじと覗《のぞ》きこんで、冬吾《とうご》は低く唸《うな》る。

「……云《い》われて見ると、たしかに似てる」

「そうですか？　俺のほうがずっとイイ男だと思うけど」

心外《しんがい》そうに云い返す順平《じゅんぺい》の肩を、冬吾《とうご》はぎりりと押さえつけた。

「そんな台詞《せりふ》は、百年早い！」

「いや、百年後じゃ、遅すぎ」

「口答えするな」

叱《しか》りつけながらも、冬吾《とうご》は、心ここにあらずといったまなざしで、順平《じゅんぺい》をうっとりと見下ろしている。

「あの……」

下半身をがっちりホールドされているせいで、冬吾《とうご》の下から抜け出せずに順平《じゅんぺい》がもがく。

「離してくれませんか？」

けれども、冬吾《とうご》は、順平《じゅんぺい》の頼みなど完全に無視して、甘ったるい猫撫《ねこな》で声でささやいた。

「……サイン、もらえないかな？」

「俺の、ですか？」

「ばか！　親父さんのに決まってるだろっ」

呆《あき》れたように冬吾《とうご》が訂正すると、順平《じゅんぺい》は形のいい唇《くちびる》に薄い笑みを浮かべた。

「いいですよ」

「本当に？」

冬吾《とうご》は、大きく身を乗り出す。

「はい。ただし、交換条件付き《こうかんじょうけん》で」

順平《じゅんぺい》は瞳《ひとみ》を妖《あや》しくまたたかせると、いきなり冬吾《とうご》の腰に腕をまわした。

「あっ」

重なり合った下腹に、順平《じゅんぺい》の硬い隆起《りゅうき》が当たっている。

「な、なんだ、これは？」

冬吾《とうご》はカァッと耳まで赤くなって、順平《じゅんぺい》に問いただした。

「わかってるくせに、俺に云わせる気ですか？」

「そういう意味じゃないっ」

冬吾《とうご》は怒ったように云《い》い捨てて、顔をそむけた。

柔道をやっていれば、こういう事故も珍しくはない。

激しく組み合っている最中に、偶発的《ぐうはつてき》な刺激《しげき》を敏感な場所に受けて、うっかり反応してしまうのは、やりたい盛りの男子の哀《かな》しい性《さが》だ。

当然ながら、それに気づかぬふりをするのが、暗黙《あんもく》のエチケットではあるが。

（俺も姫宮《ひめみや》相手に、何度まずい状態になったことか）

綾斗《あやと》にのしかかられたときの甘い興奮《こうふん》を思い出すだけで、股間《こかん》がひくんと疼《うず》く。

（まぁ、あれは、偶発的な事故とは云い難《がた》いけどな）

不純度百パーセントに限りなく近い自分をひそかに心の中で認めた冬吾《とうご》は、順平《じゅんぺい》の視線を感じて、ハッと身を硬くした。

順平《じゅんぺい》の上から身体をどけると、背中を向け、冬吾《とうご》はぼそりと云い放つ。

「気づかなかったことにしてやる」

「え？」

片肘《かたひじ》を床について上半身を起こしながら顔をあげる順平《じゅんぺい》に、冬吾《とうご》はたたみかけるように告げた。

「今回の一件に関しては、目をつぶってやると云《い》ってるんだ。おまえを押さえこんだ俺にも、若干《じゃっかん》ながら非はあるからな」

けれども、順平《じゅんぺい》は、冬吾《とうご》の慈悲《じひ》深《ぶか》い申し出をあっさり断わる。

「目はつぶらなくてもいいので、俺を襲《おそ》った責任とってください」

「襲った……って！」

あたふたうろたえながら、冬吾《とうご》は、順平を責める。

「おまえなぁ、誤解《ごかい》を招くような云い方はやめろ」

咎《とが》める順平《じゅんぺい》を冬吾《とうご》は肩越《かたご》しに振り向いたまま、恨《うら》めしげににらんだ。

「云い訳するなんて、男らしくないですよ、先輩」

たとえ男らしくないとなじられようとも、絶対に首を縦《たて》に振るわけにはいかない。

冗談だと思いたいところだが、先刻《せんこく》順平《じゅんぺい》が男同士の痴話喧嘩《ちわげんか》らしきもののせいで、部屋から叩《たた》き出された現場を目撃しているだけに、いやでも用心してしまう。

うっかりOKして、もし本当に責任をとらされるはめにでもなったら？

順平《じゅんぺい》の股間《こかん》のものを咥《くわ》えて、舌でご奉仕《ほうし》する自分を想像してしまった冬吾《とうご》は、あわてて首を横に振った。

（ありえない。姫宮《ひめみや》相手なら、こっちからお願いしたいくらいだが）

ついでに、綾斗《あやと》のものに喰《く》らいつく自分も思い浮かべて、生唾《なまつば》をのむ。

（せめて、こいつがもう少し可愛げのあるタイプならな）

ペットの大型犬的な可愛さなら、なくもないが、性的な意味で可愛がりたいと思えるようなタイプではない。

（でかいしな）

こっそり品定《しなさだ》めされているとも知らずに首をかしげてこちらを見ている順平《じゅんぺい》に、冬吾《とうご》は正面から向き直った。

「ところで、親父さんのサインの交換条件《こうかんじょうけん》ってのは、なんなんだ？」

白々《しらじら》しく話をそらしにかかる冬吾《とうご》に、呆《あき》れたように順平《じゅんぺい》は答える。

「だから、云ってるでしょう？　あなたのせいで元気になったこれの責任をとってもらうのが、交換条件ですよ」

「な、なんだって？」

「だめなら、親父のサインもなしです」

当然とばかりに云い切る順平《じゅんぺい》を、冬吾《とうご》は呆然《ぼうぜん》と見つめた。

「……し、仕方ない」

「じゃあ、早速《さっそく》俺のこれを優しく慰《なぐさ》めて……」

手首をつかんで、自分の下腹に導こうとする順平《じゅんぺい》の手を、冬吾《とうご》はあわてて振り払う。

「ば、ばかっ。誰がやるって云《い》ったよ？　非常に残念だが、サインはあきらめるって意味だ」

「なんだ。憧《あこが》れの人とかいうわりには、その程度のファンだったたんですね」

順平《じゅんぺい》に冷ややかに決めつけられて、冬吾《とうご》はこぶしを握《にぎ》りしめた。

「違う。俺は誰よりもショーヘイのことを尊敬してて」

「じゃあ、なぜサインをあきらめるんですか？　なんなら、親父の汗を拭《ふ》いたタオルも、おまけにつけますよ？　ご希望なら、使用済み下着だって」

順平《じゅんぺい》が真顔《まがお》で云うのを聞いて、冬吾《とうご》は、ゴクリと生唾《なまつば》をのみこむ。が、すぐに大きく首を振りながら叫んだ。

「だ、だめだ、だめだ。俺はそういう意味でショーヘイが好きなわけじゃなくてだな」

「けど、今、ゴクリって」

「うっ」

（……しまった）

冬吾《とうご》は真っ赤になる。

生唾をのんだのを、順平《じゅんぺい》にもしっかり聞かれてしまっていたらしい。

しかし、憧れの人をやましい目で見ていたわけではないというのは、本当だ。

だが、汗付きタオルも使用済みパンツも、たしかに欲しい。

「そ、そんなもの、ただのファン心理に決まってるだろ！　性的な意味なんか、ないっ」

自分にも云い聞かせるように冬吾《とうご》は叫ぶと、忘れていたとばかりに立ち上がった。

「ちょうど土刑事《どデカ》のファーストシーズンの再放送やってる時間じゃないか。いつも部活で見られないから、楽しみにしてたのに、うっかりしてたぜ」

順平《じゅんぺい》とのあいだの不健康な雰囲気《ふんいき》を一掃《いっそう》するような、わざとらしく明るい声音《こわね》で冬吾《とうご》は云うと、カウンターの上のＴＶのリモコンをつかみあげる。

内蔵されたケーブルＴＶの刑事《デカ》チャンネルを選択《せんたく》すると、タイミングよく『土曜日の刑事たちへ』のオープニングが流れ始めた。

派手《はで》な銃声音《じゅうせいおん》と軽快《けいかい》な音楽に合わせて、テーブルを飛び越えたり、カーチェイスを繰《く》り広げたり、ヘリコプターから片手でぶらさがりながら投げキッスをする主役の山下昇平《やましたしょうへい》の姿が、壁《かべ》にはめこまれたＴＶのモニターに映る。

「おおっ。ショーヘイは昔から、いかしてるな。これ、たしか十年以上前だよな。ってことは、この頃、おまえは幼児《ようじ》？」

「ですね」

ＴＶ画面の中でグラマラスな美人女優と熱烈《ねつれつ》なキスシーンを披露《ひろう》している父親を横目で見遣《みや》りながら、順平《じゅんぺい》は浮かない顔で相槌《あいづち》を打った。

「俺と一学年違いだから、当然あなたも幼児ですよ」

「それゃそうだが。……なぁ、ショーヘイって、寝るときは全裸《ぜんら》と聞いたけど、あれって、ほんとなのか？」

TVの中の昇平《しょうへい》から目を離さずに、冬吾《とうご》は訊《き》く。

「ええ、まぁ。でも、ガキの頃から、俺が寝たあとに帰ってきて、起きる前に出ていくのが普通だったから、眠ってる姿なんてTV以外であんまり見たことないですけど」

「そうか。親父さん、売れっ子だから、仕方ないよな」

慰《なぐさ》めにもならない言葉を投げた直後に、冬吾《とうご》は「ん？」と首をかしげた。

「たしか、ショーヘイは独身だったような」

「独身ですよ。俺の母親、俺が物心《ものごころ》つくかつかないうちに、家を出てったから」

順平《じゅんぺい》は、かかえた自分の膝《ひざ》に顔をうずめて、短くため息をついた。

「その後再婚して、海外で幸せに暮《く》らしてるみたいですが」

「てことは、おまえ、寂《さび》しい子供時代を過ごしたんだな？」

誰もいないリビングの床で、こうして膝をかかえている幼児の順平《じゅんぺい》を想像して、冬吾《とうご》は思わず目頭《めがしら》が熱くなる。

そして、気がつくと冬吾《とうご》は、順平《じゅんぺい》のかたわらに並んで座り、その肩に腕をまわして、抱き寄せていた。

「もうおまえは一人じゃない。強く生きるんだ」

「あ……、はい」

髪をくしゃくしゃと撫《な》でまわされて、順平《じゅんぺい》は戸惑《とまど》いながら、うなずく。

「あの、でも、綾斗《あやと》さんちの道場に通い始めてからは、結構人生をエンジョイしてるんで、ご心配なく」

「そ、そうか？　そうだよな」

冬吾《とうご》は急に、自分のやったことが恥《は》ずかしくなって、順平《じゅんぺい》の柔らかなくせっ毛にもぐりこませていた指を、そっと離した。

「すまん。おまえは、立派《りっぱ》にでかくなってるんだし、いらぬ世話だったな」

「そうでもないです」

順平《じゅんぺい》は小さく微笑《ほほえ》むと、膝をかかえたまま、冬吾《とうご》の胸にコトンと頭を寄せた。

「俺、先輩に頭撫《な》でられるの、かなり好きかも」

「あ、いや、これはつい……」

不自然に宙に浮かせたてのひらを床について、冬吾《とうご》はどぎまぎしながら、胸元の順平《じゅんぺい》を盗み見る。

形のいい赤い唇《くちびる》に、涼《すず》しげな切れ長の瞳《ひとみ》。

まだどこか少年らしさを残してはいるが、じっくり見れば見るほど、イイ男だ。

「つい？」

くすっと笑いを洩《も》らして、順平《じゅんぺい》が訊《き》く。

「クマのショーへイにやるときのくせで？」

長い睫毛《まつげ》がふいに上向いて、光の加減《かげん》でフォレストグリーンにも見えるヘイゼルの瞳が、冬吾《とうご》を見上げた。

（おまけに、色気までありやがる！）

刑事物のエンペラーと呼ばれる憧《あこが》れの山下昇平《やましたしょうへい》によく似た瞳で覗《のぞ》きこまれ、冬吾《とうご》の胸ははしたなくときめく。

（ばかっ。静まれ、俺の心臓）

年下相手に胸をどきどきさせているのを順平《じゅんぺい》に知られたら、完全に舐《な》められてしまう。

だが、順平《じゅんぺい》に見つめられると、身体が火照《ほて》って、震《ふる》えてしまって。

（あぁ、そんないやらしい目で、俺を見るなっ）

そんなまなざしを、順平《じゅんぺい》がわざとではなく天然《てんねん》で浮かべているというのであれば、先《せん》刻《こく》、夜這《よば》いをかけられたといっていたのも、あながち嘘《うそ》ではないかもしれない。

だが、エロティックなのは、まなざしだけではなかった。

「先輩、いいにおいがするね」

（声もエロい！　エロすぎるっ）

「先輩、モテるでしょう？」

「な、なにを云《い》い出すんだ？」

「だって、いやらしい身体してるから」

冬吾《とうご》は悔《くや》しさと恥《は》ずかしさで真っ赤になって絶句《ぜっく》する。

「それも、男にモテるタイプだな。あなたは」

これが、順平《じゅんぺい》のタラシの常套手段《じょうとうしゅだん》なのだろうか？

（いや、こいつはただの天然野郎《てんねんやろう》だ！　別に、口説《くど》かれてるなんて、俺は思ってないからなっ！）

「男にモテても、嬉しくない」

そっけなさを装って突き放すように答える冬吾《とうご》の胸に、順平《じゅんぺい》はなおも甘えるように頰《ほお》をすり寄せてくる。

「綾斗《あやと》さんと同じ香りだね。清純《せいじゅん》そうなのに、エッチっぽくって、すごくおいしそう」

順平《じゅんぺい》が、うっとりとささやく。

途端《とたん》、冬吾《とうご》の胸はズキンと痛んだ。同時に、顔を火照《ほて》らせていた熱も、またたくまに引いてゆく。

「姫宮《ひめみや》と同じボディシャンプーを使っているからな」

そっけなく答えると、冬吾《とうご》は順平《じゅんぺい》の頭をうっとうしげに押しのけた。

「TV、いいところなんだから、邪魔《じゃま》するなよ」

本当はストーリーもなにも頭に入ってこないのに、冬吾《とうご》はTVに集中するふりをする。

すると、いきなり胸のまわりにからみついてきた順平《じゅんぺい》の腕にぎゅっと抱きしめられた。

「なんだ、急に！」

動揺《どうよう》をおもてに出さないように必死に押し隠そうとする冬吾《とうご》の胸に、順平《じゅんぺい》はふたたび顔をうずめてくる。

「こら、いい加減、ふざけるのはやめろっ」

TVを気にしているふりをしつつ、順平《じゅんぺい》の肩を押し戻そうとするけれども……。

強引《ごういん》に体重をかけられて、あっというまに冬吾《とうご》は、床に押し倒されていた。

(そんなばかな……)

身体の上に、順平《じゅんぺい》の熱い体温を感じながら、冬吾《とうご》は呆然《ぼうぜん》とする。

柔道の対外試合《たいがいじあい》でも負け知らずの自分が、こうも簡単《かんたん》に組み敷かれるなんて。

「なんのつもりだ？」

さすがに狼狽《ろうばい》をあらわに尋《たず》ねる冬吾《とうご》に、順平《じゅんぺい》は、責めるような掠《かす》れた声でささやいた。

「先輩が遠慮《えんりょ》しなくてもいいように、俺が先にやっちゃおうかと思って」

「やるって、なにを？」

「そんな恥《は》ずかしいこと、云《い》わせないでください」

とろけそうに甘い声でごまかすと、順平《じゅんぺい》は、冬吾《とうご》のシャツのボタンを、ぷちぷちと外してゆく。

そして、あらわになった胸の上でぷつんと尖《とが》っているピンク色の突起《とっき》に、ゆっくりと舌を這《は》わせた。

「あ、やめろっ」

「やめませんよ。俺、今、ひどく貪欲《どんよく》な気分だから」

けだるげな声でささやくと、順平《じゅんぺい》は、冬吾《とうご》の突起を唇《くちびる》でひっぱるように吸い上げた。

「ひぁっ」

「なんだ。やっぱり先輩もしてほしかったんじゃないですか？　ほら、ここ……。もう、こんなに興奮してる」

胸を舌と唇で巧《たく》みにもてあそびながら、順平《じゅんぺい》は、内側から窮屈《きゅうくつ》にジーンズの股間《こかん》を突きあげている冬吾《とうご》の昂《たか》ぶりを、てのひらでわしづかみにする。

「あっ、違うっ」

「なにが違うんですか？」

順平《じゅんぺい》は、冬吾《とうご》の目の前にぬっと顔を突き出すと、隆起《りゅうき》した場所の形を探るように、指先を躍《おど》らせた。

「結構エロい形してるんですね、先輩のここ」

すらりと長い指に、やわやわともまれて、冬吾《とうご》は身悶《みもだ》える。

「ばか、離せっ」

「なぜ？　こんなに気持ちよさそうなのに」

順平《じゅんぺい》は唇《くちびる》で冬吾《とうご》の耳をなぶりながら、小さく笑った。

「布越《ぬのご》しに、あなたの恥ずかしい脈動《みゃくどう》が伝わってきますよ」

いやらしい手つきで冬吾《とうご》の昂《たか》ぶりを撫《な》であげながら、順平《じゅんぺい》は、猫が喉《のど》の奥を鳴らすみたいな低い吐息《といき》で、冬吾《とうご》の耳元を濡《ぬ》らす。

「もしかして、たまってた？」

甘く掠《かす》れた声で耳打ちされて、冬吾《とうご》はぞくりと身をすくめた。

「そんなはずはない。今朝《けさ》抜いたばかり……」

うっかり男の秘密をみずから暴露《ばくろ》してしまい、冬吾《とうご》は真っ赤になる。

「どっちにしろ、おまえには関係ない」

わざと突き放すように云《い》うと、順平《じゅんぺい》は長いため息をついた。

「朝抜いたばかりなのに、もうこんなに元気なんだ？　いいなぁ、先輩はお盛《さか》んで。……うらやましい」

「はぁ？　おまえこそ、お盛んじゃないか。部屋に連れこんだ相手と、朝から派手にやりまくってたくせに、なにを！」

「連れこんだんじゃなくて、押しかけてこられたんです」

順平《じゅんぺい》が、すかさず修正を入れる。

「そんなことは、どうだっていい」

二人して床の上に転がった状態で、背中から抱きついている順平《じゅんぺい》の、悪戯《いたずら》好きな両手の指を、胸と下腹から引き剥《は》がそうと躍起《やっき》になりながら、冬吾《とうご》は負けじと云い返した。

「どうせ今朝部屋から追い出されてたのだって、がっつきすぎて、相手に愛想《あいそ》つかされたってところだろ？」

ふいに順平《じゅんぺい》が黙りこむ。

（少々云いすぎたか？　すねさせちまったかな？）

先刻《せんこく》廊下に転がり出てきたときの順平《じゅんぺい》の情けない様子を思い出して、冬吾《とうご》は反省する。

黙りこんでいる順平《じゅんぺい》に、冬吾《とうご》が話しかけようとした刹那《せつな》……。背後から抱きついていた順平《じゅんぺい》が、冬吾《とうご》の肩に深く顔をうずめながらつぶやいた。

「……愛想《あいそ》つかされたのは、当たってます」

順平《じゅんぺい》は、吐息をつく。

「けど、その理由は、がっつきすぎたからじゃなくて。……その逆」

「逆って？　どういう意味だ？」

冬吾《とうご》は、横目で順平《じゅんぺい》を振り返りながら問いつめた。

「だから、その。……機能しなかったせいなんです。男の大事な場所が」

「しかし」

云《い》いづらそうに告白する順平《じゅんぺい》を、横目で視界にとらえたまま、冬吾《とうご》は口ごもる。

「だったら、俺の腰に当たってるものは、なんだ？」

正確にいえば、おしりの谷間に当たる部分。

「あぁ、これですか？」

「あっ」

ジーンズ越《ご》しに、硬《かた》い昂《たか》ぶりをグイと押し当てられて、冬吾《とうご》はびくんとのけぞった。

「俺も驚いてるんですよ。綾斗《あやと》さんに、『おまえ相手じゃ感じない』って、きっぱりふられて以来、全然勃《た》たなくなってたのに」

順平《じゅんぺい》は、冬吾《とうご》を流し見て、長い睫毛《まつげ》を困惑《こんわく》げに揺らす。

「さっきあなたに押し倒されたときに、いきなり反応したから、びっくりして……」

「びっくりしたのは、俺のほうだ！」

「すみません」

素直《すなお》に謝る順平《じゅんぺい》に、冬吾《とうご》は吐息《といき》まじりに確認する。

「そうか。だから、俺に責任をとれなんて迫《せま》ったんだな？」

「はい。本当に機能が回復したのか、たしかめたくて」

悪びれもせずにうなずく順平《じゅんぺい》が、冬吾《とうご》は急に憎らしくなる。

「だったら、ちゃんとそう云え！」

腹立たしくてたまらない。突然《とつぜん》襲いかかってきて、恥《は》ずかしい言葉をささやく順平《じゅんぺい》と、おかしな勘違《かんちが》いをしそうになった自分自身が。

(冗談じゃない。俺が身も心も欲情《よくじょう》するのは、可憐《かれん》な猛者姫《もさひめ》にだけであって、間違ってもこんなガキなんかに、ときめいたりするかよっ)

胸の奥で再確認して、冬吾《とうご》は大きくうなずく。

しかし、唯一欲情《ゆいいつよくじょう》したいと思う当の綾斗《あやと》が、幼馴染《おさなな じ》みの麗音《れおん》と人目もはばからず蜜月《みつげつ》状態《じょうたい》なのを思い出した途端、全身から力が抜け落ちた。

水蜜桃《すいみっとう》のようになめらかな綾斗《あやと》の肌を、今頃ほかの男が存分に味わっているのかと思うと、自分も順平《じゅんぺい》のように再起不能《さいきふのう》になりそうな気がしてくる。

「先輩？　どうしたんですか？」

順平《じゅんぺい》が心配そうに覗《のぞ》きこんでくる。

「いや、なんでもない」

小さく首を振ると、冬吾《とうご》は、当惑《とうわく》げな順平《じゅんぺい》の顔を、肩越《かたご》しにまじまじと見つめた。

「……おまえも災難だったな。姫宮《ひめみや》のあの可愛い声で、そんなこと云われたら、俺も間違いなく不能になる」

「やっぱり？」

瞳《ひとみ》を潤《うる》ませると、順平《じゅんぺい》は、どさくさに紛《まぎ》れるように、冬吾《とうご》にふたたび抱きついてくる。

「ですよね。さすが、同じ猛者姫《もさひめ》にふられた同士。あなたなら、きっとわかってくれると俺は信じてました」

順平《じゅんぺい》のたくましい股間《こかん》の昂《たか》ぶりが、これ見よがしに腰に押し当てられるのを感じて、冬吾《とうご》はカッと目元を染めながら、恥知《はじし》らずな後輩をにらみ上げた。

「調子にのるなっ」

鳩尾《みぞおち》に肘鉄《ひじてつ》を喰《く》らわせると、順平《じゅんぺい》が短く悲鳴をあげる。

「痛っ。ひどいですよ、先輩。いたいけな後輩になにするんですか？」

「誰が、いたいけだ。姫宮《ひめみや》にそういう台詞《せりふ》を吐かせるってことは、それだけのことをしたんだろうが！」

「はぁ、まぁ」

渋々《しぶしぶ》とうなずく順平《じゅんぺい》に、冬吾《とうご》は向き直った。

「姫宮《ひめみや》に、いったいなにをやった？」

床に寝転んだまま、順平《じゅんぺい》の乱れたシャツの襟首《えりくび》をつかみあげながら、冬吾《とうご》は尋問《じんもん》する。

「やるといっても、それほどたいしたことはしてないですよ」

順平《じゅんぺい》は、不満そうに云《い》い訳する。

「乳首《ちくび》をいじったり、股間を撫《な》であげたり。……その程度です」

「なにが、その程度だ？　思いっきり重罪じゃないか」

冬吾《とうご》は、呆《あき》れた声で叫ぶと、呪詛《じゅそ》の言葉を吐く。

「それじゃあ、仕方ない。おまえは、一生役立たずのままでいろ！」

「そんなぁ。だって、綾斗《あやと》さん、下着つけてなかったんですよ？　首にもピンクの乳首のすぐ横にも、エロい痕《あと》つけてるし」

「な……っ」

目の前に、綾斗《あやと》の淡いピンクの乳首とノー下着の股間《こかん》が、フラッシュのように浮かび上がって、冬吾《とうご》はゴクリと息をのんだ。

「ほらね。その場に出くわしたら、あなただって、絶対襲ってますよね？」

「おまえのようなケダモノと一緒にするな！」

冬吾《とうご》は、順平《じゅんぺい》のひたいを、パシッと平手で叩《たた》くと、怒った声で断言する。

「俺は、脊髄反射《せきずいはんしゃ》で欲情《よくじょう》なんかしたりしない」

「じゃあ、これは？」

順平《じゅんぺい》が、瞳《ひとみ》を妖《あや》しくまたたかせて、はだけた冬吾《とうご》の胸元から覗《のぞ》いている乳首の先端を、指先でさすり上げた。

「あ……」

順平《じゅんぺい》の指で揺り起こされるように、胸の突起《とっき》が硬く屹立《きつりつ》するのを感じて、冬吾《とうご》は小さく喘《あえ》ぐ。

「こっちだって、こんなに」

もう片方の手で、順平《じゅんぺい》は、明らかに興奮している冬吾《とうご》の下腹を、ゆっくりと渦《うず》を描くように撫《な》で上げた。

「んくっ。それは……」

「なに？」

獲物《えもの》を追いつめるハンターのように、順平《じゅんぺい》は顔を寄せてくる。

いつもなら、順平《じゅんぺい》の一人や二人、簡単に投げ飛ばしておしまいのはずなのに。

(腰に力が入らない)

下半身ばかりか、両手足も、うまくいうことを聞かない。身体中の活力が、順平《じゅんぺい》にもてあそばれている胸元と下腹に集中してしまっているみたいに。

交互にいじられている両胸《りょうむね》の突起と、股間《こかん》の欲望《よくぼう》。その三点だけが、いつもよりずっと敏感になっている。

「あ、やめろっ」

順平《じゅんぺい》の濡《ぬ》れた舌と唇《くちびる》で、右の乳首《ちくび》を吸い上げられた瞬間《しゅんかん》、頭の中にいくつも星が跳《は》ねまわるのを冬吾《とうご》は感じた。

「ひ、んぁっ」

思わず恥《は》ずかしい喘《あえ》ぎを洩《も》らしてしまう冬吾《とうご》の胸元で、順平《じゅんぺい》が、甘い笑いを零《こぼ》す。

「さっきも思ったけどさ。先輩って、意外に敏感なんだね？」

「また……意外か？」

胸の突起に触れる順平《じゅんぺい》の熱い吐息《といき》にぞくりと身を震《ふる》わせながら、冬吾《とうご》は、不満げに云《い》い返した。

「おまえの頭の中じゃ、俺はどれだけ鈍感《どんかん》でガサツなんだ？」

「え？　ツッコミどころは、そこ？」

順平《じゅんぺい》は、長い睫毛《まつげ》を驚いたように上下させる。

そして、急に我慢《がまん》できなくなったように、くすくすと笑った。

「可愛い人だな。俺、あなたのこと、好きになりそうだ」

「なんだって？」

冬吾《とうご》は、とっさに訊《き》き返す。

(好きになりそうって……、この俺を？)

また心臓が騒ぎ出しそうになって、冬吾《とうご》はあわてて、自分に云い聞かせる。

(聞き間違いだ。こいつの好みは、姫宮《ひめみや》のような可愛いタイプのはず)

胸元をくすぐる順平《じゅんぺい》の吐息が気になって、きっと空耳《そらみみ》でも聞いたのだろう。

（だめだ。これでは、俺だけでなく我が柔道部までが舐《な》められてしまう。乳首《ちくび》をちょっとなぶられたくらいで、誰が感じたりするものか！）

冬吾《とうご》はひそかに気合いを入れると、色っぽいまなざしで自分を見つめている順平《じゅんぺい》から意識をそらすために、ＴＶのモニターに視線を逃がした。

しかし、折悪《おりあ》しく、順平《じゅんぺい》によく似た若かりし頃の昇平《しょうへい》が、美人女優相手に濃厚《のうこう》なラブシーンを演じているところで。

ＴＶの中の父親と同じエロティックな順平《じゅんぺい》の唇《くちびる》が、目の前に迫《せま》ってくる。

（キス……される！）

とっさに目をつむる冬吾《とうご》の予想を裏切り、順平《じゅんぺい》の唇はスッと横にすべって、無防備《むぼうび》な耳元を熱く濡《ぬ》らした。

「ぁっ」

ぞくんと首をすくめる冬吾《とうご》に、順平《じゅんぺい》は意地悪《いじわる》な声音《こわね》でささやきかける。

「こんなに感じやすくて、よく柔道部の主将なんてやってられますね。寝技《ねわざ》とか、かけられちゃったら、大変でしょう？」

「余計なお世話だっ。それに、俺は感じやすくなんかない」

「いまさら……」

順平《じゅんぺい》は受け流して、冬吾《とうご》のはだけた胸元を、指の腹でゆるやかに撫《な》でさすった。

「あ……っ。本当に全然……感じてなんか」

「そんなことといっても、まるわかりだから。先輩の身体、俺にこんなことされてるせいで、すごく可愛い色に染まってる」

たしかに、順平《じゅんぺい》の手が肌の上をすべるたびに、身体が淫《みだ》らに汗ばんでゆくのがわかる。いつのまにか、全身が淫らな熱の薄膜《うすまく》で覆《おお》われてしまったかのようだ。

「気持ちいい？」

「まさかっ。気持ちいいわけないだろう！　無駄《むだ》な真似《まね》はやめて、さっさとその手をどけろ！」

平気なふりを装って、胸元を這《は》う指を押しのけようとする。

だが、愛撫《あいぶ》の邪魔《じゃま》をしたお仕置きとばかりに、ツンと上向いた胸の突起《とっき》の先端を、順《じゅん》平《ぺい》に強くつねり上げられてしまった。

「く、うっ」

零《こぼ》れそうになる喘《あえ》ぎを、必死で咬《か》み殺すけれども。

「ね、こうされると、たまらないんでしょ？」

感じすぎて浅《あさ》ましいほど硬くなった冬吾《とうご》の乳頭《にゅうとう》を、なおも意地悪《いじわる》にこねまわしながら、順平《じゅんぺい》が、意地悪にささやきかけてくる。

「しつこい！」

きつい口調で叫んでも、声が震《ふる》えて、まったくさまにならない。

（……嘘《うそ》だ。こんなに感じるなんて）

頭の中でどんなに否定しても、順平《じゅんぺい》の指先が肌に触れただけで、身体はとろけそうに熱を帯《お》びてゆく。

「意地っ張りなところも、可愛いかも」

ささやくと、順平《じゅんぺい》は、冬吾《とうご》の乳首《ちくび》の先端に舌をからめて、ちゅくちゅくとしゃぶるみたいにくちづけた。

「ひ、あぁっ」

全身が真夏の太陽にじりじりと灼《や》かれているようで、ひどくもどかしい。

からかわれて、悔《くや》しくてたまらないのに……。

「ねぇ、先輩。もしかして、試合中に、いきそうになったりするの？」

「冗談！」

「責めたりしないから、正直に白状すれば？」

振り払おうとした手首をつかまえたまま、順平《じゅんぺい》は、唇《くちびる》を冬吾《とうご》の胸に、そして下腹のふくらみを冬吾《とうご》の股間《こかん》にすり寄せてきた。

「もう、やめてくれって」

じわりと湧《わ》き起こる快感に身をのけぞらせながら、冬吾《とうご》は哀願《あいがん》する。

けれど、順平《じゅんぺい》はそれを無視して、冬吾《とうご》を問いつめにかかった。

「ねぇ、ここかここをこすられると、感じちゃって、下着を濡《ぬ》らしたりするんでしょう？」

「そんなこと……」

「ない？　どうかな？　たしかめてみないと」

順平《じゅんぺい》の手が、冬吾《とうご》のジーンズのウエストにするりとすべりおりる。

指先が、ファスナーのつまみをひっぱるのに気づいて、冬吾《とうご》は真っ赤になる。

「ばか、だめだっ」

さすがに、これ以上好き勝手されては、先輩、それも柔道部の部長としての面目《めんぼく》がまるつぶれだ。

「それに、たしかめなきゃならないのは、おまえのほうだろう？」

そう云《い》うと、冬吾《とうご》は、うまく入らない力を振り絞《しぼ》って、順平《じゅんぺい》の股《また》に膝《ひざ》をもぐりこませ、体勢を逆転する。

「え？」

冬吾《とうご》に両肩を床に押さえつけられて、順平《じゅんぺい》は驚いたように瞳《ひとみ》を見開いた。

「すごい。俺、いつのまに押さえこまれたんですか？」

「ふん。いい気になるからだ」

云い捨てて、身体を起こそうとする冬吾《とうご》の上腕を、順平《じゅんぺい》がつかんで引きとめた。

「感じてる先輩が見たくて調子にのったのは謝るけど……。でも、俺のがちゃんと機能するかは、先輩が責任を持って、たしかめてくれるんですよね？」

誘《さそ》うように冬吾《とうご》を見上げながら、順平《じゅんぺい》が微笑《ほほえ》む。

「え？　あ……」

ようやく冬吾《とうご》は、勢いにまかせて、まずいことを口走ってしまったことに気づいたが、もうあとの祭り。

「男に、二言《にごん》はありませんよね？」

「あ、あぁ、やってやる！」

うなずく声が上擦《うわず》る。

「俺も男だ。まかせておけ！」

「じゃあ、遠慮《えんりょ》なく。よろしくお願いします」

甘く微笑《ほほえ》む順平《じゅんぺい》から思わず目をそらして、冬吾《とうご》はTVモニターを振り仰《あお》ぐ。

そこには、宿敵役《しゅくてきやく》のイケメン俳優《はいゆう》に組み敷かれ、息子と同じ妖艶《ようえん》な笑みを浮かべている昇平《しょうへい》の姿が映っていた。

SECRET★2

〔憎いのに、気になるアイツ★〕

順平《じゅんぺい》の口車《くちぐるま》にのせられて、冬吾《とうご》が人には云《い》えない恥《は》ずかしい秘密を作ってしまった土曜から、一週間が経過した日曜日の午後のこと。

柔道《じゅうどう》の練習試合で他校を訪れた冬吾《とうご》は、薄暗い更衣室《こういしつ》の片壁《かたかべ》にそって置かれている長椅子《ながいす》に腰をおろして、一人物思いにふけっていた。

（俺《おれ》のばかやろー）

もう何度くり返したかわからない言葉で、冬吾《とうご》は自分をなじる。

太腿《ふともも》に肘《ひじ》をついた両手で頭をかかえこみながら、冬吾《とうご》は唇《くちびる》を咬《か》んだ。

あの日、正常に機能するかたしかめてほしいと頼まれた順平《じゅんぺい》のそれは、大きさも硬さも持久力《じきゅうりょく》も、なにもかもが冬吾《とうご》の性能より上で、今となっては、まんまとだまされたんじゃないかという気がしてならない。

なのに、特別に反応したからなどという戯言《ざれごと》を真《ま》に受けて、順平《じゅんぺい》のものを口で愛撫《あいぶ》してやるはめになるとは、我《われ》ながら情けない。

（俺って、超善人《ちょうぜんにん》？）

ほかにも『お人よし』『無防備《むぼうび》』『まぬけ』『餌食《えじき》』『笑い者』『童貞《どうてい》』などの単語が、押し合いへし合いしながら、脳裏《のうり》で出番を待っている。

まさかよもや、親切心で部屋に招き入れてやったちょっと仔犬《こいぬ》っぽい後輩《こうはい》から、ころりとだまされて、恥ずかしい奉仕《ほうし》までさせられてしまうとは……。

因幡《いなば》の白うさぎにだまされたワニたちの怒りが、よくわかるというものだ。

(それにしても、あいつ……、なにが不能《ふのう》だ！)

獰猛《どうもう》に反《そ》り返った順平《じゅんぺい》の欲望《よくぼう》が、弾《はじ》ける寸前《すんぜん》で口からずるりと引き抜かれ、代わりに、見るからに生命力の強そうな白い飛沫《ひまつ》が勢いよく顔に叩《たた》きつけられた瞬間《しゅんかん》を思い出し、冬吾《とうご》はぞくりと下腹の奥を疼《うず》かせる。

その衝撃《しょうげき》で、冬吾《とうご》自身も下着を濡《ぬ》らしてしまったことは、誰《だれ》にも秘密だ。

もしかしなくても、順平《じゅんぺい》には気づかれているだろうが。

すぐさま順平《じゅんぺい》をバスルームに押しこんで、洗面所で顔を洗ったあとに、寝室にこもって、一人でまたやってしまったことまでは、さすがに気づかれていないだろうけれど。

(俺って、どれだけ絶倫《ぜつりん》？)

プラスイメージの強い単語を無意識に選んでしまうが、もし順平《じゅんぺい》に知られたら、『好きもの』とか『淫乱《いんらん》』とかいう言葉で、しつこくいじめられそうな予感がする。

(奴のいうように、やっぱり俺もたまってたんだろうな)

そういえば、綾斗《あやと》の熱愛発覚騒動《ねつあいはっかくそうどう》があってから、だいぶ回数が減っている気もしないでもない。

その反動だと無理やり自分を納得《なっとく》させると、冬吾《とうご》は深々《ふかぶか》とため息をついた。

まさに、その刹那《せつな》……。

「中津川《なかつがわ》っ、……中津川《なかつがわ》っ！」

「ん？　いててててっ！」

つまみ上げられた耳を力まかせにひっぱられて、冬吾《とうご》は思わず悲鳴をあげる。

「誰だ？」

柔道部の主将《しゆしよう》である冬吾《とうご》相手に、そんな無体《むたい》な真似《まね》ができる相手は、今のところ一人しか思い浮かばない。

そう。校内のみならず、他校の名だたる猛者《もさ》たちまでもが、畏《おそ》れ、かつ、崇《あが》めたてまつっている『月夜《つきよ》の宮《みや》の猛者姫《もさひめ》』様である。

予想に違《たが》わず目の前に仁王立《におうだ》ちしている綾斗《あやと》の顔を、冬吾《とうご》は涙目で見上げた。

「姫宮《ひめみや》っ。いきなり、なにをする……」

（怖《こわ》っ！）

文句を云《い》うつもりが、眉根《まゆね》を寄せて見下ろしている綾斗《あやと》の怒り全開オーラの不気味《ぶきみ》さに気《け》おされて、言葉がひっこんでしまう。

ちょっと見には絶世《ぜっせい》の美少女の綾斗《あやと》だが、都内私立高体育会連合でも実質四天王《じつしつしてんのう》の頂点に立つと誰もが認める、猛者中の猛者だ。

本気で怒らせでもしたら、どんな怖ろしい目にあうかわからない。

「はぁ？　いきなり？」

綾斗《あやと》はすでに、マジでキレる三秒前のような声で、冬吾《とうご》の言葉じりを捕らえてくり返した。

「さっきからずーっと呼んでるのに、なにをぼんやりしてるんだ？」

綾斗《あやと》は、両手を可愛《かわい》く腰に当てて、冬吾《とうご》をにらんでいる。

「おまえ以外は皆とっくに着替え終わって、主将の帰り支度《じたく》がすむのを待ってるんだぞ」

「あ？」

ハッと周囲を見まわした冬吾《とうご》は、ここが練習試合に訪れたよその学校の更衣室《こういしつ》で、綾斗《あやと》のいうように、自分だけがまだ道着のままなのに気づく。

「すまんっ」

「いいから、さっさと着替えろよ」

猛者にしては可愛すぎる声で綾斗《あやと》は云うと、冬吾《とうご》の頭の上に、ばさりと着替えを投げかけた。

剣道部《けんどうぶ》の部長である綾斗《あやと》が、なぜここにいるかといえば、実家が各種道場を開いていて、武芸百般《ぶげいひゃっぱん》、当然柔道でも有段者《ゆうだんしゃ》の綾斗《あやと》に、特別顧問《とくべつこもん》をお願いしているからだ。

もちろん顧問をお願いしている理由の隠れたひとつに、学園一の美少年である綾斗《あやと》の乱れた道着姿を間近で見たいという極めて不純な動機があるのは、云うまでもない。

そんなわけで、今回の試合にも、綾斗《あやと》に顧問として同行してもらったわけだが。

「しまった！　姫宮《ひめみや》の着替え、見損《みそこ》ねた」

そう洩《も》らした瞬間《しゅんかん》、冬吾《とうご》の身体は、ふわりと宙に浮いていた。

「なっ、なんだ？」

「この……不埒者《ふらちもの》っ」

綾斗《あやと》は叫ぶと、自分より体格のいい冬吾《とうご》を頭上に持ち上げ、遊園地の絶叫系回転遊具《ぜっきょうけいかいてんゆうぐ》のごとく、プロペラ状にまわそうとしている。

「許せ、姫宮《ひめみや》っ。うっかり本音が」

「なお悪い！　後輩たちの手前、みせしめは必要だ。ここは潔《いさぎよ》く練習台となって、新技《しんわざ》の塵《ちり》と消えろっ。秘技《ひぎ》！　爆裂風車投《ばくれつふうしゃな》げ！」

「わぁぁっ。誰か、助けろぉー」

だが、ほかの皆は、すでに部屋の隅に避難《ひなん》している。

「薄情者《はくじょうもの》っ」

この世に神も仏もないものかと、冬吾《とうご》が絶望しかけたそのとき、更衣室のドアがギィと鈍い音を立てて開いた。

一筋《ひとすじ》のまばゆい光とともに冬吾の視界に飛びこんできたのは、きらきらと輝く金色の長い髪。

「綾斗《あやと》……いる？」

甘い美声が遠慮《えんりょ》がちに尋《たず》ねる。

途端《とたん》、綾斗《あやと》が、冬吾《とうご》を頭上に掲げたまま、華《はな》やいだ声をあげた。

「麗音《れおん》っ」

ドアの隙間《すきま》から顔を覗《のぞ》かせているのは、冬吾《とうご》もよく知っている男だった。

たいして親しくはないが、一応冬吾《とうご》のクラスメイトでもあるそいつこそが、月夜《つきよ》の宮《みや》の体育会系男子たちの、猛者姫《もさひめ》へのはかない恋心を粉々《こなごな》に打ち砕《くだ》いた張本人《ちょうほんにん》。

綾斗《あやと》の幼馴染《おさななじ》みで、いまや猛者姫の学園公認の恋人、白鳥麗音《しらとりれおん》である。

「お邪魔《じゃま》します」

すらりとした長身に、スーパーモデルであるフランス人の母譲《ははゆず》りの青い瞳《ひとみ》。そして、青いリボンが揺らめく、流れるようなプラチナブロンド。

モデル界のプリンスとして名を馳《は》せている美しき男神《おがみ》のごとき麗音《れおん》は、優雅《ゆうが》にドアの隙間をすり抜け、薄暗い更衣室《こういしつ》の中に身体をすべりこませてきた。

「迎《むか》えに来てくれたんだ？」

綾斗《あやと》は冬吾《とうご》を担《かつ》ぎ上げていた手を離して、麗音《れおん》に駆《か》け寄る。

「うわっ」

放り出された冬吾《とうご》は、無駄《むだ》に空中回転して着地するなり、床に片膝《かたひざ》をついて、綾斗《あやと》を振り返った。

「姫宮《ひめみや》ぁ」

ゆらりと立ち上がりながら、恨《うら》めしげな声を出す冬吾《とうご》にはかまわず、綾斗《あやと》は麗音《れおん》の腕《うで》に、両腕をからませて謝る。

「ごめん。待ち合わせの時間、もう二十分も過ぎてる」

「いや、このくらい全然平気だよ。綾斗《あやと》のためなら、僕は何時間でも待てるから」

麗音《れおん》は切なげに微笑《ほほえ》むと、とろけそうに甘いまなざしで綾斗《あやと》を見つめながら、声をひそめてささやいた。

「綾斗《あやと》が振り向いてくれるまで、十年以上も待ったし……」

「麗音《れおん》……」

とろんと瞳を潤《うる》ませる綾斗《あやと》と、愛しげな笑みでうなずき返す麗音《れおん》を、冬吾《とうご》は、すさんだ気分でにらんだ。

(見せつけやがって!)

綾斗《あやと》と麗音《れおん》の周囲だけ、気温が違う。

ひんやりと冷房がきいた狭い部屋の中で、まるで、そこだけが春のようだ。

それ以前に、麗音《れおん》が入ってきた途端《とたん》、薄暗い更衣室に、きらきらと薔薇《ばら》の花びらが飛んだように見えたのは、気のせいだろうか?

冬吾《とうご》は、もう一度目を凝《こ》らして麗音《れおん》を観察する。

モデルの仕事の帰りに綾斗《あやと》と待ち合わせていたらしいが、学校にいるときと同じ制服姿なのに、いつもよりプリンスオーラ五割増しというイメージだ。

まだ仕事モードが残っているのだろう。

「待つのは平気だけど、約束どおり校門の前にいたら、人が集まってきちゃって」

綾斗《あやと》に気をつかっているのだろうが、麗音《れおん》のいう『人』というのが、ここの女生徒たちだろうことは容易《ようい》に想像がつく。

月夜《つきよ》の宮《みや》のような男しかいない世界ではそれほどでもないが、女の子たちのいる世界に一歩足を踏み入れた途端《とたん》、麗音《れおん》の人気がいかにすごいかを思い知らされる。

(男より女にモテるタイプだよな、白鳥《しらとり》は)

世間ではそれが普通なのだが、全寮制《ぜんりょうせい》の月夜《つきよ》の宮《みや》に長く閉じこもっている上に、男同士の肉弾戦《にくだんせん》に昂揚《こうよう》を覚えてしまう柔道大好きな冬吾《とうご》としては、女の子にモテる男のほうが不思議な生き物に見えてしまうのだ。

(姫宮《ひめみや》は、明らかに男にモテるし、俺も……)

『男にモテるタイプだな。あなたは』

そう告げた順平《じゅんぺい》の声が、唐突《とうとつ》に甦《よみがえ》る。

(ばかばかしい。自分が男にも女にもモテるのを鼻にかけてるくせに)

冬吾《とうご》は、順平《じゅんぺい》の官能的《かんのうてき》な唇《くちびる》とまなざしを脳裏《のうり》から追い出そうと、大きく頭を振った。

数分後……。制服に着替えた冬吾《とうご》は、綾斗《あやと》と麗音《れおん》、そして柔道部員たちと一緒に、徒歩で五分ほどのメトロの駅へ向かっていた。

「なんだか喉渇《のどかわ》いたな。この近くで、一休みしていく？」

まもなく駅に着くというところで、麗音《れおん》と肩を並べて先頭を歩いていた綾斗《あやと》が、肩越《かたご》しに冬吾《とうご》を振り返って訊《き》いた。

「ん？　俺たちは、適当に定食屋にでも寄って帰るから、おまえは白鳥《しらとり》とゆっくりしてこいよ」

冬吾《とうご》がそう答えるのを耳にして、ほかの部員たちは、驚いたように顔を見合わせる。

皆、主将の冬吾《とうご》が日頃《ひごろ》から綾斗《あやと》に並々《なみなみ》ならぬ恋情を抱いていて、今回の熱愛発覚騒動《ねつあいはっかくそうどう》では、かなりダメージを受けたことを知っていたからだ。

けれど、ひそかに『月夜《つきよ》の宮《みや》の鈍感《どんかん》クイーン（性的な意味ではなく）』の名も欲しいままにしている綾斗《あやと》だけは、周囲の微妙《びみょう》な雰囲気《ふんいき》には気づかず、かたわらの麗音《れおん》を振り仰《あお》ぐ。

「どうする？」

「僕はどっちでもいいよ。綾斗《あやと》にまかせる」

「うん。じゃあ……」

麗音《れおん》にうなずき返すと、冬吾《とうご》に向き直りながら綾斗《あやと》は云《い》った。

「僕は麗音《れおん》とお茶して帰るよ」

「あぁ、わかった」

あっさりうなずく冬吾に、部員たちは、またしても動揺《どうよう》する。

「雨でも降るんじゃ？」

部員たちがこそこそ耳打ちし合うのを聞いて、綾斗《あやと》が思い出したように、アッと声をあげた。

「そういえば、夕方から雨になるって天気予報で云ってた」

「マジで？　傘《かさ》持ってきてないのに」

冬吾《とうご》は、晴れ渡った青い夏空を見上げる。

「明日までやまないみたいだし、降り出す前に帰れよ」

綾斗《あやと》も空を見上げながら云うと、皆に向って、引率《いんそつ》の教師のように付け加えた。

「ゲーセンとかで夜まで遊んじゃだめだぞ。寮に帰りつくまでが遠征《えんせい》なんだから」

「遠征じゃなくて、近征《きんせい》だけどな」

電車で二駅ほどの近場なので、冬吾《とうご》は一応ツッコミを入れる。

「なんだ、それ」

笑う綾斗《あやと》を、冬吾《とうご》は愛しげに見つめた。

道行く人々は、こんなに可愛い綾斗《あやと》がまさか、いかつい男どもを束《たば》ねる猛者《もさ》の中の猛者とは、絶対に思わないだろう。

ちらりと麗音《れおん》のほうを見ると、案《あん》の定《じょう》、食べちゃいたいくらい可愛いとでもいいたげな顔で、綾斗《あやと》を見つめている。

(こいつも、相当重症だな)

冬吾《とうご》は、憐《あわ》れむように麗音《れおん》を見る。

(そして、多分あいつも……)

綾斗《あやと》のあとを忠犬《ちゆうけん》のようにくっついて歩く順平《じゆんぺい》の姿を思い出した途端《とたん》、胸の奥が甘酸《あまず》っぱく疼《うず》いた。

(同情……なのか?)

綾斗《あやと》への行き場のない想いをひきずっている。

それは、夏の太陽がじりじりと照りつける浜辺《はまべ》を、腰に巻きつけた紐《ひも》で重いタイヤをひきずりながら走り続ける感覚だ。

燃えるように熱くて、苦しい片恋。

この苦しくて甘美《かんび》な陶酔《とうすい》を、自分と同じように、順平《じゅんぺい》も身体の奥底《おくそこ》に飼っている。

だからこそ、順平《じゅんぺい》の恥知《はじし》らずな要求を受け入れてしまったのだろう。

ほかの誰かではなく、同じ想いに苦しむ順平《じゅんぺい》だからこそ。

そう思った瞬間《しゅんかん》、下腹の奥が甘く痺《しび》れた。

(屈折《くっせつ》してるな)

冬吾《とうご》は苦笑《くしょう》する。

その瞬間、綾斗《あやと》に勢いよく背中を叩《たた》かれた。

「こら、ぼんやりしてるなよっ」

「あ、あぁ」

前のめりになりながら応《こた》える冬吾《とうご》の肩を、綾斗《あやと》は、今度はいたわるように軽く叩いた。

「どうしたんだ？　悩みがあるなら、いつでも聞いてやるから」

綾斗《あやと》の台詞《せりふ》は、一週間前の自分を思い出させる。

順平《じゅんぺい》の悩みを聞いてやるはずが、なぜかあんなことに……。

その瞬間、冬吾《とうご》の脳裏《のうり》を、ある考えがよぎった。

(姫宮《ひめみや》も、俺が頼んだら、引き受けてくれるだろうか？)

目の前の愛らしいピンクの唇《くちびる》が、自分の欲望《よくぼう》を咥《くわ》えこむところを、ついリアルに想像して、冬吾《とうご》は息をのむ。

からみついてくるあたたかな舌が、脈《みゃく》打つ欲望をねっとりと吸い上げて、甘く絞《し》めつけてくる。

危険な白昼夢《はくちゅうむ》の中で、こらえきれなくなって、下腹をくすぐる柔らかな髪に冬吾《とうご》が夢中で指を這《は》わせたそのとき。

「……っ！」

冬吾《とうご》は思わず声をあげそうになって、とっさに片手で口元を覆《おお》った。

口で冬吾《とうご》のものを愛撫《あいぶ》してくれているその相手が、綾斗《あやと》ではなく、いつのまにか順平《じゅんぺい》にすり替わっているのに気づいたせいで。

（なぜ、あいつが？）

カァッと顔に血がのぼる。

「中津川《なかつがわ》？」

綾斗《あやと》が怪訝《けげん》な顔で覗《のぞ》きこんできた。

「もしかして、具合でも悪いのか？」

「いや。空腹で、めまいが」

とってつけたような冬吾《とうご》の云《い》い訳《わけ》を、綾斗《あやと》は簡単《かんたん》に信じる。

「脅《おど》かすなよ。心配するだろ？」

綾斗《あやと》は安堵《あんど》の吐息をつくと、もう一度力まかせに冬吾《とうご》の背中を叩いた。

「おまえ、最近なんか変だし」

「変って？」

なぜかぎくりとしながら、冬吾《とうご》は訊《き》き返す。

「うーん。いつも、ぼーっとしてるし。失恋でもしたのか？」

（おまえにな！）

そう叫びたいのはやまやまだったが。恋の勝者である麗音《れおん》が、疑惑《ぎわく》に満ちたまなざしでこちらを窺《うかが》っているだけに、冬吾《とうご》はやむなく断念して、綾斗《あやと》の腕を肘《ひじ》でつついた。

「いいから行けよ。俺なら心配ないから。……白鳥《しらとり》、待たせてるんだろ？」

「あ、うん。じゃあ、お先に。みんな、お疲れー」

「あぁ、お疲れさん」

手を振る綾斗《あやと》に、冬吾《とうご》も片手をあげて応える。

その背後で様子を見ていたほかの部員たちも、ようやくホッとしたように口々に「オッス」と挨拶《あいさつ》しながら、綾斗《あやと》を見送った。

麗音《れおん》と仲睦《なかむつ》まじく寄り添いながら駅前のカフェテラスへ消えてゆく綾斗《あやと》のうしろ姿を、視線《しせん》で追っていた冬吾《とうご》は、短く吐息をついた。

（今日の俺は、やはり変だ）

……ものわかりが、よすぎる。

まさか自分が、綾斗《あやと》と麗音《れおん》を二人きりにしてやるために、わざわざ余計な提案をするとは思ってもみなかった。

普段の自分なら、なにがなんでも、二人がいちゃつくのを邪魔《じゃま》してやるのだが。

(俺も、大人になったかな?)

というより、単に、二人の相思相愛《そうしそうあい》っぷりを見せつけられるのが嫌《いや》なだけかもしれない。

(あぁ、多分それだな)

理解しがたい自分の言動に、とりあえず理由をつけて安心すると、冬吾《とうご》は、待機《たいき》している部員たちを振り向いた。

「さて、俺たちも行くか」

男たちを引き連れて、駅ビルの四階に入っている定食屋チェーン店の窓際《まどぎわ》の席に陣取《じんと》る。

だが、相変わらず食欲《しょくよく》は今ひとつだ。

冬吾《とうご》は、メニューを見ながら少し迷って、ちゃんこ定食(ごはん大盛)を注文した。

出てきた料理を、自分的には控《ひか》えめ運転モードな胃の中にさっさと詰めこんでしまうと、冬吾《とうご》は、ほかの連中がさらにおかわりをしているのをよそに、窓の外をぼんやりと眺《なが》める。

茜色《あかねいろ》に染まった空を見上げると、綾斗《あやと》が云《い》ったとおり、不穏《ふおん》な黒雲《くろくも》が覆《おお》い始めていた。

「こりゃあ、ひと雨来るな」

冬吾《とうご》はつぶやくと、夕暮《ゆうぐ》れどきの駅前にはつきものの、雑踏《ざっとう》する人の波に視線を移す。

その中に、覚えのある人影を見つけて、冬吾《とうご》は思わず身を乗り出した。

（順平《じゅんぺい》？）

駅前の広場にある円形の噴水《ふんすい》の縁《ふち》に腰かけるその姿を、窓ガラスに額《ひたい》を押し当てながら、冬吾《とうご》は覗《のぞ》きこむ。

（なぜあいつが、こんなところに？）

月夜《つきよ》の宮《みや》から二駅とはいえ、普段の生活とはまったく無関係なこの場所で見かける理由が思い当たらない。

（……きっと人違いだ）

冬吾《とうご》は、自分に云《い》い聞かせる。

そうでなければ、逢《あ》いたいという願望が見せた幻《まぼろし》だ。

そんな心の声にうっかりうなずきかけて、冬吾《とうご》はびくりと顔をあげた。

（いや、待て。逢いたいって、俺が順平《じゅんぺい》に？）

動揺《どうよう》しながら、冬吾《とうご》は窓から顔を離《はな》す。

（……冗談じゃない。どうして俺があいつなんかに）

早くなる鼓動《こどう》をなだめるように左胸《ひだりむね》をそっとてのひらで押さえながら、冬吾《とうご》は、ふたたび窓の外を覗きこんだ。

単に、似ている別人を順平《じゅんぺい》と見間違《みまちが》えただけだと、確認するために。

けれども、遠目《とおめ》とはいえ、物憂《ものう》げなその顔もすらりと長い手足も、どう見ても順平《じゅんぺい》本人としか思えない。

おまけに月夜《つきよ》の宮《みや》の制服まで着ているとなれば、別人だと決めつけるほうが不自然だ。

そして、これ以上自分の目を疑うには、冬吾《とうご》は少しばかり視力がよすぎた。

渋々《しぶしぶ》ながらも、順平《じゅんぺい》に間違いないと認めたはいいけれど、今度は、彼がここにいる理由が気になってたまらなくなる。

（まさかとは思うが、練習試合のことを知って、俺を待ち伏《まぶ》せするために？）

だが、すぐに冬吾《とうご》は、そんなわけがないと気づいて、自分の浅《あさ》ましい勘違《かんちが》いに、顔から火が出そうになった。

（ばかか、俺は。奴が待ち伏せするとしたら、俺じゃなくて、姫宮《ひめみや》だろう！）

自意識過剰《じいしきかじょう》にも、ほどがある。

順平《じゅんぺい》が好きなのは、綾斗《あやと》であって、自分ではないのに。

（呆《あき》れる……）

恥辱《ちじょく》に火照《ほて》る頬《ほお》に、氷の融《と》けかけたウーロン茶のグラスを押しあてると、冬吾《とうご》は、翳《かげ》りゆく夕暮《ゆうぐ》れの街の中で、そこだけがスポットライトを浴びているかのように鮮明《せんめい》な順《じゅん》平《ぺい》の姿を、こっそりと盗み見た。

誰かを待っているのは、たしかだと思う。

順平《じゅんぺい》の座っている噴水の前は、石畳《いしだたみ》の駅前広場を行き交《か》う人々が一番よく見える場所だからだ。

(姫宮《ひめみや》と待ち合わせでもしているのか?)

綾斗《あやと》と順平《じゅんぺい》は剣道部の部長と副部長の関係でもあるし、ありえなくはないが、麗音《れおん》も交《まじ》えて三人でということとなると、その可能性は限りなくゼロに近くなる。

いかな綾斗《あやと》の忠犬の順平《じゅんぺい》でも、すっかり二人の世界に浸《ひた》りきっている彼らと共に行動することに、三分以上耐えられるとは思えないからだ。

(もしかして、順平《じゅんぺい》の奴、白鳥《しらとり》が一緒なのを知らないのか?)

それを考えれば、順平《じゅんぺい》が勝手に綾斗《あやと》を待ち伏せしているだけのような気もする。

学園の外で、あらためて告白でもするつもりなのだろうか?

だが、今の綾斗《あやと》と麗音《れおん》の新婚っぷりを考えれば、順平《じゅんぺい》がさらに深々《ふかぶか》と傷つく以上の結末は、見えてこない。

(かわいそうな奴……)

冬吾《とうご》は、気《け》だるげに頬杖《ほおづえ》をつきながら、目の前を行き過ぎる人波をぼんやり眺《なが》めている順平《じゅんぺい》に、慈愛《じあい》のまなざしを投げた。

無論《むろん》、自分も、哀《あわ》れ具合においては、順平《じゅんぺい》と似たようなものではあるが。

それだけに、順平《じゅんぺい》のことが心配でたまらなくなる。

順平《じゅんぺい》がこれ以上みじめな思いをしないように、綾斗《あやと》たちが現れる前に自分が声をかけて、よそへひっぱっていってやろうか。

じっとしていられずに、思わず立ち上がりそうになる。

だが、腰を浮かせかけた状態で、冬吾《とうご》はハッと我に返った。

(仏心《ほとけごころ》をおこした結果がどうなったか、思い出してみろよ)

頭の中で声が響《ひび》くのと同時に、順平《じゅんぺい》にねだられた恥《は》ずかしい行為《こうい》の記憶が、一気に押し寄せてきた。

「……っ！」

胸と下腹が、火がついたように熱くなる。

(だめだ。またあのときと、同じような流れになったら……)

順平《じゅんぺい》に、腕をつかまれ、無理やり引き寄せられたら、きっとまた自分は、かわいそうな後輩を慰《なぐさ》めるために、他人には云《い》えないような恥ずかしいことまでしてしまうだろう。

(やっぱり、かかわるのはやめておこう)

冬吾《とうご》は一人うなずくと、椅子《いす》に座り直す。

(順平《じゅんぺい》が傷つこうがどうしようが、俺には関係ない)

そう自分に云い聞かせて、順平《じゅんぺい》から顔をそむけた冬吾《とうご》は、噴水《ふんすい》に向かって駆《か》けていく

一人の女子高生の姿に気づいた。

白い半袖《はんそで》にグレーのベスト。膝上丈《ひざうえたけ》のプリーツスカートは、濃紺《のうこん》とグリーンのチェックで、やはり濃紺のハイソックスにこげ茶のローファーをはいている。

たしか、月夜《つきよ》の宮《みや》とは逆方向にもう二つほど行った駅の近くにある女子高、嵐《あらし》ヶ《が》丘学《おかがく》園《えん》の制服だ。

かなり可愛いレベルのその女生徒の行く先を、見るともなしに眺《なが》めていた冬吾《とうご》は、その子が順平《じゅんぺい》に向かって手を振るのを見て、口に含んだウーロン茶を噴き出しそうになった。

(あっの野郎《やろう》!)

肩を並べて歩き出す順平《じゅんぺい》と女子高生を見て、冬吾《とうご》は危《あや》うくグラスを握《にぎ》りつぶしかける。

綾斗《あやと》に失恋して、いまだ傷心中《しょうしんちゅう》かと思えば……。

(俺にあんな真似《まね》までさせておきながら、自分はおいしそうな女の子とちゃっかりデートかよ?)

めらめら燃え上がる怒りの炎で、バーベキューパーティでも開けそうな勢いだ。

だが、さめざめとしたみじめさが、怒りを鎮火《ちんか》するにつれて、今度は巨大な氷のかたまりでも飲みこんだみたいに、身も心も冷たくなる。

(本気で心配した俺が、ばかみたいだ)

「主将?　雨降ってきちゃいましたけど、どうします?　そろそろ戻りますか?」

冬吾《とうご》より頭ひとつでかい副将《ふくしょう》の一年が、おずおずと声をかけてくる。

「そうだな」

冷ややかに声を押し殺しながら、冬吾《とうご》は窓の外を見遣《みや》った。

雨雲のせいで日没《にちぼつ》を待たずに暗くなった街に、色とりどりの灯《あか》りがともり始める。

ぼんやりと雨に煙《けむ》る灯りの中を、繁華街《はんかがい》の裏路地《うらろじ》に消えてゆく順平《じゅんぺい》の姿が見えた。

それも相合傘《あいあいがさ》で……。

その奥には、映画館やゲームセンターなどの若者向けの娯楽施設《ごらくしせつ》が、軒《のき》を連《つら》ねている。

「主将？」

「ゲーセン行くぞ」

すごみのきいた声で告げる冬吾《とうご》を、部員たちが一斉《いっせい》に振り向く。

「いいのか、冬吾《とうご》？　猛者姫《もさひめ》に叱《しか》られるぜ」

同じ二年の連中も心配そうに訊《き》いてくるが、冬吾《とうご》は「かまわん！」と断言して、こぶしを握《にぎ》りしめた。

「今夜は悪い遊びに溺《おぼ》れたい気分なんだ。クレーンで、ぬいぐるみを釣《つ》って釣って、釣りまくるぞ！」

「つき合いの悪い奴《やつ》らだぜ」

一時間置きに数人ずつ離脱《りだつ》していって、とうとう一人になった冬吾《とうご》は、さすがに虚《むな》しくなって、ビニール袋に詰めた戦利品《せんりひん》のぬいぐるみ二十四と共にゲームセンターを出た。

ありがたいことに、雨は小降りになっている。

映画館の軒先《のきさき》で、制服の上着のポケットにつっこんでいた腕時計を取り出して覗《のぞ》くと、夜もだいぶ深い時間だった。

終電には間があるが、真面目《まじめ》で善良な高校生が繁華街《はんかがい》を歩くには、少しばかり心が痛む時間帯だ。

「仕方《しかた》ない。今夜はこのくらいにしておくか」

携帯《けいたい》用に畳《たた》んで帯《おび》で結んだ柔道着を肩にかけ、ぬいぐるみのビニールをかかえ直すと、ちょうど映画の上映が終わったらしく、ホールにがやがやと人が出てきた。

その中に順平《じゅんぺい》の姿がないか、一瞬気になったが、冬吾《とうご》はあえて振り返らずに、雨の中に飛び出した。

だが、急にまた雨の勢いが強くなってくる。

「これじゃ、駅に着くまでに、びしょ濡《ぬ》れになっちまうな」

そのとき、狭い路地《ろじ》の入り口が見えた。

そこを突っ切れば、大通りを迂回《うかい》せずに駅まで行けるはずだ。

頭の中に記憶している駅への地図を素早く確認すると、冬吾《とうご》はためらうことなく薄暗い裏路地に駆《か》けこむ。

けれども、人通りのない路地だけあって、駅前まで真っ直ぐ続いているはずという冬吾《とうご》の予想に反して、ちょっとした迷路のようになっていた。

「しくじったな。かえって遠まわりじゃないかよ」

おまけに、抜け道をさがすうちに、迷ってしまったような気もする。

「ん？　あっちに灯《あか》りが」

薄暗い路地の先に雨に煙《けむ》る紫のライトが見えて、冬吾《とうご》は、そこが今度こそ大きな通りへの出口であるようにと祈りながら、歩《ほ》を速めた。

しかし、近づくにつれて、いやな予感が胸に広がる。

（もしかして……）

一見おしゃれな隠《かく》れ家的《がてき》レストランのような建物の、つる薔薇《ばら》のアーチで飾られたエントランスにきらめくピンクとブルーのネオンを目にして、冬吾《とうご》はため息をつく。

冬吾《とうご》自身はまだ一度も利用したことはないが、友人たちから小耳にはさんだ情報のおかげで、ひと目でそこが愛をたしかめ合う恋人たち専用のホテルであることがわかる。

（うはぁ。こんな駅前にもあるもんだな）

人里離《ひとざとはな》れた山の中にしかないと思っていたが、それだと車持ちしか行けないことになる。

（みんな、どんな顔して入るんだろう？　いや、入るときより、出るときのほうが緊張《きんちょう》するって、誰か云《い》ってたな）

そのままあとずさって逃げ去るつもりでいたのだが、ふいに好奇心《こうきしん》がむくむくと湧《わ》き起こってきた。

冬吾《とうご》は、その道をたまたま通りかかった近隣《きんりん》住民《じゅうみん》のふりをして、門の前をとおり過ぎしなに、中を一瞬覗《のぞ》こうと決意する。

だが、ミッション遂行《すいこう》予定地点まであと数歩というところで、誰かが中から転がり出てきた。

「わっ」

近すぎて回避《かいひ》できずに、よろけたその相手に抱きつかれてしまう。

「すみません」

無愛想《ぶあいそう》に謝る声を聞いて、冬吾《とうご》の両手から、道着とぬいぐるみがドスッバサッと石畳《いしだたみ》の地面に落ちた。

「あっ」

相手も、冬吾《とうご》の顔を見て、呆然《ぼうぜん》と立ちすくむ。

そのとき、門の中から、ピンクの花模様《はなもよう》が散らばったビニール傘で顔を隠した女の子が出てきた。

おそらく、順平《じゅんぺい》が駅で待ち合わせをしていた美少女だ。

雨の中にぼんやりと突っ立っている順平《じゅんぺい》に、早足で近づいた少女が、ふいに片手を振りあげる。

次の瞬間《しゅんかん》、派手《はで》な平手打《ひらてう》ちの音が夜陰《やいん》に響き渡り、順平《じゅんぺい》がてのひらで頬《ほお》を押さえながらうつむいた。

「さよなら」

そう云い捨てると、少女は、世紀末格闘《せいきまつかくとう》マンガのような青いオーラを立ち上らせながら去っていく。

ポカンとそのうしろ姿を見送っていた冬吾《とうご》は、少女の姿が角を曲がって消える頃に、ようやく我《われ》に返って、かたわらの順平《じゅんぺい》を見遣《みや》りながら吐息《といき》まじりにつぶやいた。

「見た目に反して、すごい子だな」

「あ、ええ。嵐ヶ丘の剣道部長だし」

頬をそっと指先でさすって、順平《じゅんぺい》は云う。

「姫宮《ひめみや》といい、おまえって、ギャップのあるタイプが好みなのか？　可愛くてか弱そうなのに、ものすごい猛者《もさ》……みたいな」

冬吾《とうご》がからかうと、順平《じゅんぺい》は薄く瞳《ひとみ》を細めた。

「見た目も強そうなのに、意外に可愛い人も好きですよ」

順平《じゅんぺい》はつぶやくと、身をかがめて、冬吾《とうご》が落としたぬいぐるみの袋と道着を拾い上げた。

「先輩《せんぱい》、どうしてこんなところに？」

「え？　み、道に迷ったんだ。ゲーセンの帰りに駅まで近道しようとして」

「ほんとに？」

ぬいぐるみの袋を手渡しながら、順平《じゅんぺい》は冬吾《とうご》の手首を握《にぎ》る。

「俺のことが心配で、あとをつけてきたんじゃ？」

耳元でささやかれて、冬吾《とうご》の胸は激しく跳《は》ねる。

「ば、ばか。どうして俺が！　おまえこそ、なぜこんなところに……って、あぁっ！」

急に冬吾《とうご》が叫ぶのを聞いて、順平《じゅんぺい》は首をかしげた。

「もしかして、おまえ、また……」

場所は違《ちが》えど、一週間前とほとんど同じシチュエーションなのに気づいて、冬吾《とうご》は憐《あわ》れむように順平《じゅんぺい》を見上げる。

「はい。……またやっちゃいました」

「勃《た》たなかったのか？」

順平《じゅんぺい》は、無言《むごん》でうなずく。

「そのくらいで、今みたいな目にあうんだ？」

「いえ。ほかにも……」

「なにをやった？」

探るように見つめる冬吾《とうご》から視線をそらして、順平《じゅんぺい》は白状《はくじょう》した。

「ほかの人の名前を呼んだくらいかな」

「あぁ、そりゃアウトだ。……姫宮《ひめみや》の名前か？」

「このあいだは、そうだったけど」

順平《じゅんぺい》は口ごもる。

どうやら、先週部屋から閉め出されたときも、同じ失敗をおかしたらしい。

呆《あき》れて吐息《といき》を洩《も》らした冬吾《とうご》は、あれ？　と首をかしげる。

「このあいだは……って、今夜は誰の名前呼んだんだ？」

この浮気者《うわきもの》め！　とにらむ冬吾《とうご》を、順平《じゅんぺい》は潤《うる》んだ瞳《ひとみ》で見つめた。

「やっぱり教えない」

すねたように云《い》う順平《じゅんぺい》に、冬吾《とうご》は妙《みょう》に苛立《いらだ》つ。

「別に聞かなくていい。おまえが今、誰を好きかなんて、俺には関係ないからな」

そっぽを向いて、少女が消えたほうへ歩き出そうとする冬吾《とうご》の上腕を、順平《じゅんぺい》がつかんだ。

「なにをするっ」

強い力で引き寄せられ、冬吾《とうご》は一瞬、ホテルに引きずりこまれるのではないかと、息をのむ。

けれども、順平《じゅんぺい》は、冬吾《とうご》を背中から抱きしめると、切なげな声でささやいた。

「先輩の名前だったら、どうする？」

「え？」

「彼女とエッチしながら、俺が呼んだ名前……」

甘えるみたいに冬吾《とうご》の耳元に唇《くちびる》を寄せて、順平《じゅんぺい》は甘く掠《かす》れた声で名を呼ぶ。

「冬吾《とうご》さん……」

熱《あつ》い吐息《といき》が耳朶《じだ》から首筋へとすべりおりて、冬吾《とうご》の肌を濡《ぬ》らした。

「ばか」

ようやくそれだけ云《い》い返して、冬吾《とうご》は息をつめる。

悔《くや》しさと愛《いと》しさが混ぜこぜになったみたいな、もどかしい熱が身体をせり上がってくる。

「誰がそんな手にのるかよ」

心地《ここち》いい順平《じゅんぺい》のぬくもりを、肘《ひじ》で押しのけて、冬吾《とうご》は夜空を見上げた。

湿った風が、火照《ほて》った頬《ほお》を撫《な》でてゆく。

気がつくと、いつのまにか雨はやんでいて、雲間《くもま》にまるい月が顔を覗《のぞ》かせている。

男心と同じように、夏の夜は、天気も気紛《きまぐ》れだった。

SECRET★3

〔甘え上手な狼の罠★〕

門限《もんげん》を過ぎて学園に戻った二人は、秘密の抜け道から中へ忍びこむ。

雨上がりの月の光が、学園内を流れる運河《うんが》の水面《みなも》を、ミルク色の銀河《ぎんが》のようにきらめかせていた。

道着《どうぎ》の帯ひもを肩にかけ、先に立って歩く冬吾《とうご》のあとを、順平《じゅんぺい》はぬいぐるみの袋を片手にさげ、黙ってついてくる。

けれども、幾何学模様《きかがくもよう》の庭園《ていえん》の横を通り抜ける途中《とちゅう》で、順平《じゅんぺい》はいきなり手を伸ばして、冬吾《とうご》の手を握《にぎ》った。

「なんだ、この手は？」

順平《じゅんぺい》の顔は見ずに、しっかりと繋《つな》がれた手を凝視《ぎょうし》しながら、冬吾《とうご》は問う。

「別にいいでしょう？　ちょっと手を繋ぐぐらいは」

「よくない！」

即座《そくざ》にだめ出しをする冬吾《とうご》に、順平《じゅんぺい》は不満そうに訊《き》き返した。

「だめですか？」

「決まってるだろうが。幼稚園児《ようちえんじ》ならまだしも、男子高校生、それも柔道部《じゅうどうぶ》の主将《しゅしょう》と剣道部《どうぶ》の副主将《ふくしゅしょう》が、お手々つないで歩いてたら、思いっきりガチっぽいじゃないかよ」

「まぁ、たしかに」

とりあえず納得《なっとく》したかのようにうなずくが、順平《じゅんぺい》は手を離そうとしない。

（どういうつもりなんだ？　こいつ）

冬吾《とうご》は、探るように順平《じゅんぺい》をにらむ。

（どうせ、彼女と最後までやれずに満たされなかった欲求を、俺《おれ》に相手させてすっきりしようって魂胆《こんたん》だろうけどな）

たしかに、仏心《ほとけごころ》を出したせいで、一度はあんなことまでしてやったが、二度までも甘い顔をしてやるつもりはない。

「手、離せよ」

「やだ。っていうか、先輩《せんぱい》のほうこそ、口ではそんなこと云《い》うくせに、なぜ俺の手を振り払わないんですか？」

「え？」

順平《じゅんぺい》に指摘《してき》されて、冬吾《とうご》は、初めてその矛盾《むじゅん》に気づく。

「いや、それは。……とにかく離せっ」

今度はちゃんと言動一致《げんどういっち》で振り払うが、すぐにまた順平《じゅんぺい》に捕らえられてしまった。

「こんな時間だし、誰も見てませんよ」

指をからめながら、順平《じゅんぺい》がささやく。

「それに、もし見られても、ここは月夜《つきよ》の宮《みや》の中だし、なにも問題はない」

「問題大《おお》ありだろっ！」

順平《じゅんぺい》の問題発言に驚いて、冬吾《とうご》は叫ぶ。

だが、すぐに周囲を見まわすと、声をひそめながら訊《き》いた。

「俺たちがつきあってると思われたら、どうするんだよ?」

「そうですねぇ」

順平《じゅんぺい》は、考えるふりをするみたいに、わざとらしく小首をかしげてみせる。

「いっそ、つきあっちゃえば?」

他人事《ひとごと》のように無責任に提案する順平《じゅんぺい》を、冬吾《とうご》は呆然《ぼうぜん》と見上げた。

「本気で云《い》ってるのか?」

「わりと本気かな」

順平《じゅんぺい》はうなずくと、熱っぽく潤《うる》んだ瞳《ひとみ》で冬吾《とうご》を見つめながら、からみ合わせた指の背にそっと唇《くちびる》を押し当てた。

「あなたが好きだ」

告白されて、冬吾《とうご》は思わず顔をそむける。

「な、なに云って」

「先輩は?」

「俺は別に……」

答えると、冬吾《とうご》は、繋《つな》いだ手ごと順平《じゅんぺい》の肩を押しのけた。

「年上をからかうのも、いい加減にしろ。好《す》いた惚《ほ》れたは、ゲームじゃない。いくら温厚《おんこう》な俺でも、そろそろ限界……んっ」

強く腰を抱き寄せられたかと思うと、唇を塞《ふさ》がれる。

濃密《のうみつ》な……情欲《じょうよく》を無理やりひきずり出すような、ひどく肉感的《にくかんてき》なキス。

「ん、やめっ」

とっさに足払いをかけると、バランスを崩《くず》した順平《じゅんぺい》に、逆に芝生《しばふ》の上に押し倒される。

順平《じゅんぺい》の手から外れたビニール袋から、クマのぬいぐるみが何匹か、冬吾《とうご》の顔の横に転がり落ちた。

「誘《さそ》ってるんですか？」

冬吾《とうご》の太腿《ふともも》を、早速《さっそく》膝《ひざ》で割り開きながら、順平《じゅんぺい》がささやく。

「ふざけるな。おまえみたいなケダモノ、誰が誘うかよ」

「……そうか。先輩の好みは、綾斗《あやと》さんですもんね」

つぶやいて、残念そうに吐息《といき》を洩《も》らすけれども、順平《じゅんぺい》は冬吾《とうご》の下腹に自分の股間《こかん》をいやらしくすり寄せてきた。

「でも、宗旨《しゅうし》替《が》えは可能でしょう？　叶《かな》わない恋にいつまでもしがみついているよりは、自分を愛してくれる人と幸せになったほうがずっといいと思いませんか？」

「たしかにな」

冬吾《とうご》はうなずく。

「じゃあ、俺を好きになってよ」

はだけた冬吾《とうご》の制服の胸元にてのひらを忍びこませて、薄いシャツの上から、ゆっくりと撫《な》でまわしながら、低く掠《かす》れさせた声で順平《じゅんぺい》がささやく。

顔を近づけてくる順平《じゅんぺい》を無言で見上げていた冬吾《とうご》が、ふいに吐息《といき》をついて、憐《あわ》れむようにつぶやいた。

「かわいそうな奴だな」

「え？」

順平《じゅんぺい》が、困惑《こんわく》げに瞳《ひとみ》を細める。

「姫宮《ひめみや》に拒《こば》まれたのが、そんなにつらかったのか？」

冬吾《とうご》は腕《うで》を上げると、黙りこむ順平《じゅんぺい》の頭を抱き寄せた。

「きっと心が壊れそうなくらい、傷ついたんだろう？　アレが役に立たなくなるほどだからな」

腕の中に抱きすくめた順平《じゅんぺい》の髪を撫でながら、冬吾《とうご》は優しく語りかける。

「だから、こんなふうに、誰彼《だれかれ》かまわず誘いかけるような、だめな奴になっちまったんだよな？」

「やっぱり……こんな俺は、だめですか？」

冬吾《とうご》の肩に顔をうずめながら、順平《じゅんぺい》は訊《き》く。

「あぁ。今後もずっとそんな調子じゃ、いつか刺されるな」

「そういえば、親父《おやじ》も恋人の一人に刺されて、大騒《おおさわ》ぎになったことがあったな」

「なんだ。姫宮《ひめみや》に失恋したせいじゃなく、節操《せっそう》なしなのは、遺伝《いでん》か？」

心配して損したというように、冬吾《とうご》は順平《じゅんぺい》の身体を押しのけながら云《い》った。

「まぁ、ショーヘイなら、俺も誘われてみたいけどな」

「親父だとOKなのに、俺の誘いは断わるんだ？」

納得がいかないとすねる順平《じゅんぺい》に、冬吾《とうご》はさらにだめ押しする。

「ところかまわず発情する奴はごめんだ」

「そうなんだ？　先輩、絶対青姦《あおかん》が好きだと思ったのに」

「好きなわけ、ないだろ！」

怒って立ち上がると、冬吾《とうご》は制服についた芝草《しばくさ》を払い落とし、道着の帯ひもをつかみ上げた。

「残念。ここの庭で一度やってみたかったのに」

まだあきらめきれないのか、順平《じゅんぺい》がごねる。

「一人でやってろ」

冷たく云い放つ冬吾《とうご》を、芝生《しばふ》に腰をおろしていた順平《じゅんぺい》が、恨《うら》めしげに見上げた。

「それじゃあ、変態《へんたい》じゃないですか」

「わかってるんなら、おかしな野望《やぼう》は持つな」

「はい……」

不服そうにうなずくと、順平《じゅんぺい》は、かたわらに散らばっているぬいぐるみを、おとなしく拾い集め始めた。

「すみません。少し濡《ぬ》れたかも」

ズボンのポケットからひっぱり出した黒いハンカチで、ぬいぐるみの芝《しば》を払い落とし、元の袋に詰めようとした順平《じゅんぺい》が、「うっ」と低くうなる。

「なんで、『だらっクマ』ばかり、こんなに」

「そんな気分だったんだ！」

ツンと顔をそむけて、早足で歩き出す冬吾《とうご》を、順平《じゅんぺい》は、ぬいぐるみをかかえて、あわてて追いかけた。

「待ってくださいよ」

「いやだ」

「だったら、このクマたちは、全部俺がもらいますよ」

クマ質《じち》をちらつかせて、順平《じゅんぺい》が脅迫《きょうはく》すると、冬吾《とうご》が足をとめる。

「うわっ」

順平《じゅんぺい》はブレーキが間に合わなかったふりで冬吾《とうご》の背中にぶつかると、そのまま腰に腕をまわして抱きしめた。

「ね、クマを奪い返したければ、傷ついている俺を慰《なぐさ》めて」

冬吾《とうご》の耳に唇《くちびる》を押し当てて、順平《じゅんぺい》はねだる。

途端《とたん》、ぴくりと冬吾《とうご》は首をすくめた。

「おまえ、また背が伸びたな。……あれから、一週間しか経《た》ってないってのに」

「だから、育ち盛りだって」

「育ち盛りにしても、ほどがある。少しは遠慮《えんりょ》しろ！」

「そんなぁ……」

無体《むたい》なことを云《い》う冬吾《とうご》に不平を唱《とな》えつつも、順平《じゅんぺい》はめげずに口説《くど》く。

「遠慮したら、俺のこと、好きになってくれます？」

「だから、俺を口説《くど》いても、これ以上なにもいいことはないぞ」

順平《じゅんぺい》の手から乱暴にぬいぐるみの袋を奪い取ると、冬吾《とうご》は早足で歩き出した。

「おい、いつまでついてくるんだ？」

自室のドアを開け、靴箱《くつばこ》の上にぬいぐるみの袋を置いた冬吾《とうご》は、背後霊《はいごれい》のようにうしろに立っている順平《じゅんぺい》を、肩越《かたご》しに振り返りながら訊《き》いた。

「あなたが、俺の願いをかなえてくれるまで」

勝手に中へ入り、ドアをうしろ手に閉めながら、順平《じゅんぺい》は答える。

「願い？　あぁ。おまえの節操《せっそう》なしのそれの世話か」

「あ……。俺のことを好きになってほしいってほうだったんですけど。……それに」

順平《じゅんぺい》は、うしろから冬吾《とうご》の耳に唇《くちびる》を寄せ、声をひそめて付け加えた。

「俺のこれは、節操なしじゃないですよ。あなたにしか反応しないし」

「どうして俺には反応するんだ？」

「さぁ？」

順平《じゅんぺい》は、他人事《ひとごと》のように首をかしげる。

「とにかくわかっているのは、俺が今後、男として生きるためには、あなたの協力が必要だってことくらいかな」

「協力って？」

「俺の恋人になって一生面倒《めんどう》見てくれるか、それとも、機能回復のためのリハビリにつきあってくれるか」

「どっちもお断わりだ。だが……」

冬吾《とうご》は、くるりと向き直ると、順平《じゅんぺい》の襟首《えりくび》をつかみ上げた。

「おまえの心根を叩《たた》き直す手伝いなら、つきあってやる。来い！」

そう云《い》うと、冬吾《とうご》は順平《じゅんぺい》を、ひと気のない廊下《ろうか》へひきずり出す。

「ちょっと、どこへ行くんですか？」

「行けば、わかる！」

冬吾《とうご》は、問答無用《もんどうむよう》とばかりに順平《じゅんぺい》の襟首をつかんだまま、体育館に併設《へいせつ》された武道館《ぶどうかん》まで、ひっぱっていった。

「なぜ、こんな場所に？」

各部長が持っている鍵《かぎ》を使って武道館の扉を開ける冬吾《とうご》に、順平《じゅんぺい》は探るようなまなざしを投げる。けれど冬吾《とうご》はそれを無視して、オレンジ色の常夜灯《じょうやとう》の下を、部室が並ぶ廊下の奥へと、順平《じゅんぺい》をひきずっていった。

次に柔道部室の前で立ちどまった冬吾《とうご》は、鍵を開けドアを開くなり、灯《あか》りのついていない部屋の中へと、順平《じゅんぺい》を突き飛ばす。

「わ……っ！」

前のめりに倒れかけた身体を素早く立て直すと、順平《じゅんぺい》は、続けて部屋に入ってきた冬《と》吾《ご》を、窓から洩《も》れ入る月の光を頼りに窺《うかが》い見た。

「なんのつもりですか？　俺をこんなところへ連れこんで」

襟首《えりくび》をつかまれて、ひきずられたせいで、半分外へはみ出したシャツの裾《すそ》を、ズボンに押しこみながら順平《じゅんぺい》は訊《き》く。

「まさか先輩、俺とここで、いやらしいことしようと考えてたりして……」

襟を両手でひっぱり、乱れた上着を直しながら、からかうようにささやく順平《じゅんぺい》の肩を押しのけ、冬吾《とうご》は自分のロッカーを探った。

「始終《しじゅう》温泉湧《わ》いてそうな、おまえの頭の中と一緒にするな」

そう云《い》い返すと、冬吾《とうご》は、中から取り出したものを、順平《じゅんぺい》に向って投げる。

「なんですか？　これ」

腕の中に降ってきたものを覗《のぞ》きこみ、順平《じゅんぺい》は戸惑《とまど》い顔で冬吾《とうご》を見遣《みや》った。

「見たとおりだ」

「それはわかりますけど」

黒帯でくくられた柔道着を見下ろし、順平《じゅんぺい》は小首をかしげる。

「着替えろ！」

冬吾《とうご》に命じられて、順平《じゅんぺい》は、大きく瞳《ひとみ》を見開いた。

「でも、この道着、先輩のでしょ？」

「予備だから、かまわない。ほら、さっさとしろ」

順平《じゅんぺい》をせかすと、冬吾《とうご》自身も制服を脱ぎ始める。

月明かりに暴《あば》き出される冬吾《とうご》の身体のラインを、順平《じゅんぺい》は息をひそめて見つめた。

「先輩……」

うっとりとささやいて、順平《じゅんぺい》は、ズボンを脱ぎ捨ててシャツだけになった冬吾《とうご》に、背後から身体を寄せた。

「もちろん、下着も脱ぐんですよね？」

声をひそめてささやく順平《じゅんぺい》を、冬吾《とうご》は冷ややかに肘《ひじ》で押し戻す。

「なにを勘違《かんちが》いしてるんだ？　おまえの精神を叩《たた》き直してやろうと云っているだけで、性的な意味は皆無《かいむ》だ」

「そんな。冗談《じょうだん》ですよね？」

おおげさによろめいて、あとずさる順平《じゅんぺい》を横目で見ながら、冬吾《とうご》は「いいや」と首を大きく横に振ってみせた。

「健全な肉体を取り戻したくば、まずは、健全な精神からだ！」

断言すると、冬吾《とうご》は、呆然《ぼうぜん》と突っ立っている順平《じゅんぺい》をよそに、自分は手早く着替え終わってしまう。

「なにを呆《ほう》けてる？　いい汗をかくと、気持ちいいぞ！　小一時間俺に投げまくられれば、きっとおまえの悪い病気も逃げ出すはずだ」

「はぁ」

「なんだ？　その気の抜けた返事は？　いやなら、俺は部屋に帰るぞ。乗りかかった船だから仕方なくつきあっているが、元々おまえにはなんの義理もないからな。同じ相手に振られたってこと以外には」

容赦《ようしゃ》のない冬吾《とうご》を、順平《じゅんぺい》は恨《うら》めしげに見遣《みや》る。

「悪かったですね。無理におつきあいいただいて」

「わかっているなら、俺に手間をかけさせるな」

「痛っ！」

冬吾《とうご》に耳をきゅっとひっぱられて、順平《じゅんぺい》は涙目でにらんだ。

「わかりました。おとなしく、あなたに投げられればいいんでしょう？」

「そういうことだ」

冬吾《とうご》は慈愛《じあい》に満ちたまなざしで笑うと、順平《じゅんぺい》の髪をくしゃっと撫《な》でた。

「俺がおまえを一人前の男にしてやる！」

力強く冬吾《とうご》が請け合うのを聞いて、順平《じゅんぺい》はひそかにつぶやく。

「別の意味で聞きたかった」

「なんだって？」

「いや、お世話になります！」

冬吾《とうご》と順平《じゅんぺい》が、身体と身体をぶつけ合って、さわやかな汗を流している頃《ころ》……。

「ねぇ、綾斗《あやと》。やっぱり気になるよ」

ピンク色で統一《とういつ》された寮《りょう》の寝室の天蓋《てんがい》付きベッドで、十年来《じゅうねんらい》の片想いをやっと最近成就《じょうじゅ》させた麗音《れおん》が、愛しい幼馴染《おさななじ》みの髪を優しく指で撫《な》でながらささやいていた。

「うん？　なんの話？」

麗音《れおん》を組み敷いて、胸の突起《とっき》を舌でもてあそんでいた月夜《つきよ》の宮《みや》の猛者姫《もさひめ》は、邪魔《じゃま》されたのが気に食わないと云《い》いたげに、眉根《まゆね》を寄せる。

けれども麗音《れおん》は、胸に抱きしめた綾斗《あやと》の髪に指を這《は》わせながら、心ここにあらずといった様子で続けた。

「あれって、順平《じゅんぺい》くんと中津川《なかつがわ》だったよね。さっき庭で抱き合ってた……」

「そうだっけ？　月明かりだけだったし、よくわからなかったけど」

「間違《まちが》いないよ。僕、視力だけはいいんだ」

云《い》い張る麗音《れおん》の胸の上で、綾斗《あやと》は深いため息をつく。

「もし奴らだとしても、別に抱き合ってたわけじゃないと思うけど？　ありえない」

「どうして？　二人とも、綾斗《あやと》が好きだって自信があるから？」

「そんなんじゃないよ」

怒ったように云うと、綾斗《あやと》は、麗音《れおん》の乳首《ちくび》に歯を立てた。

「痛いっ」

「だって、麗音《れおん》が感じ悪いから。僕は、ほかの奴のことなんて、どうだっていいよ。せっかく麗音《れおん》の性感帯《せいかんたい》を開発してるところなのに」

綾斗《あやと》は、自分が咬《か》んだせいで赤くなっている麗音《れおん》の乳首を、なだめるように舌で優しく舐《な》めまわした。

「んっ」

麗音《れおん》がびくんと身をのけぞらせるのを見て、綾斗《あやと》は少し機嫌《きげん》がよくなったとばかりに、微笑《ほほえ》む。

「ね、気を散らせてないで。麗音《れおん》は僕のことだけ考えて、気持ちよくなっていればいいから……」

甘い声でささやくと、綾斗《あやと》は、麗音《れおん》の胸をちゅくちゅくと舐めしゃぶる。

「こら。だめだって」

「気持ちいいくせに……」

綾斗《あやと》は、くすっと笑う。

「前は全然感じなかったのに、麗音《れおん》、かわいい。ほら、ここも、もうぬるぬる」

「あ……」

重なり合わせた男の子同士を、綾斗《あやと》が指でいやらしく揉《も》むと、たくましく反《そ》り返った麗《れ》音《おん》の先端に、また新たな先走りの蜜《みつ》がにじんだ。

「すごい、麗音《れおん》の。こんなに硬くて熱い」

綾斗《あやと》にきちゅきちゅとしごき上げられて、麗音《れおん》は、はぁはぁと息を乱した。

「綾斗《あやと》、意地悪《いじわる》しないでくれよ」

「なに？　僕にどうしてほしいの？」

「わかってるくせに」

麗音《れおん》は、催促《さいそく》するように、綾斗《あやと》のおしりを両手に包みこみながら、自分のほうに強く抱き寄せる。

「あんっ」

重なり合ったそこがこすれて、麗音《れおん》にまたがっている綾斗《あやと》がびくんと膝《ひざ》をわななかせた。

綾斗《あやと》の喘《あえ》ぎに気をよくした麗音《れおん》は、目の前にスライドしてきたピンク色の乳首《ちくび》を、さっきのお返しというように、ちゅくっと吸い上げる。

「ん、やっ」

はむはむと胸に食いつかれ、乳首《ちくび》を舌でつつきまわされて、こらえきれずに綾斗《あやと》は股間《こかん》の欲望《よくぼう》を濡《ぬ》らした。

「いやじゃないよね？　ここ悪戯《いたずら》されると、それだけでいっちゃいそうになるのは、何度も証明済み」

「ちがっ。ほんとに、そこ、いやっ」

「感じすぎるからだって、正直に認めちゃえばいいのに。ほんと、強情《ごうじょう》なんだから」

麗音《れおん》はささやくと、いやいやと身悶《みもだ》える綾斗《あやと》の胸の突起《とっき》を、舌と唇《くちびる》でさらにしつこく愛撫《あいぶ》する。

「あ、だめっ。もっ、いく……」

「待って、綾斗《あやと》」

ふるふると下腹を震《ふる》わせる綾斗《あやと》の欲望の根もとを、麗音《れおん》があわてて指で絞《し》めつけた。

「一緒にいきたいから、もう少し我慢《がまん》して」

「やっ、無理っ」

快感に翻弄《ほんろう》されて、めちゃくちゃに腰を振る綾斗《あやと》のつぼみに、麗音《れおん》はそっと指をすべらせる。

「ここ、すごくひくひくしてる」

綾斗《あやと》のつぼみを指で優しく押し開きながら、感激した声で麗音《れおん》がつぶやく。

その指を、きゅむきゅむと絞《し》めつけながら、綾斗《あやと》は涙目で麗音《れおん》をにらんだ。

「麗音《れおん》のばか！　許さないからっ」

「それは困る」

麗音《れおん》は即答《そくとう》すると、綾斗《あやと》の唇をキスでふさぐ。

それも、ねっとりとからみ合う、ジェラートのようなキスで。

「ん、んっ、んっ」

舌に吸いついてくる綾斗《あやと》に応えるように、麗音《れおん》は、指の代わりに自分の猛《たけ》った欲望《よくぼう》の先端を、狭いつぼみにグイと押し入れた。

「あ、いやぁっ」

「ごめん綾斗《あやと》」

耳を甘咬《あまが》みしながら、麗音《れおん》は綾斗《あやと》をなだめる。

「ちょっとだけ我慢《がまん》して。奥まで入れば、多分楽になるから」

「んっ」

涙まみれで、綾斗《あやと》はうなずく。

すぐに、別の意味で涙まみれになるのはわかっているのに。

「麗音《れおん》、好き……」

深く身体を繋《つな》げてくる麗音《れおん》の首に腕を巻きつけて、しがみつくように首を抱きしめながら、綾斗《あやと》はささやく。

「僕もだよ。こうして綾斗《あやと》とひとつになれるのが、幸せすぎて怖くなるくらいに、きみが好きだ」

「あっ、麗音《れおん》、奥まで来て」

「云《い》われなくても」

麗音《れおん》は答えると、姫の命令に喜んで従う。

「あ、麗音《れおん》の、すごいっ」

「それは、僕が綾斗《あやと》のことをどれだけ好きかっていう証《あかし》だよ。綾斗《あやと》も、僕に感じてくれてるよね？」

根もとをせきとめている綾斗《あやと》のものの濡《ぬ》れた先端を、もう片方の手で撫《な》でさすりながら、麗音《れおん》が尋ねる。

「そんなこと、決まってるだろ。麗音《れおん》のばかっ」

咬《か》みつくようなキスをする綾斗《あやと》に応《こた》えながら、麗音《れおん》はつぶやく。

「一生僕を好きでいてくれなきゃ、いやだ。綾斗《あやと》……」

「ずっとずっと好きだよ。だって、麗音《れおん》みたいな甘えんぼは、僕がこうやってぎゅっと抱きしめててあげないと、泣いちゃうから」

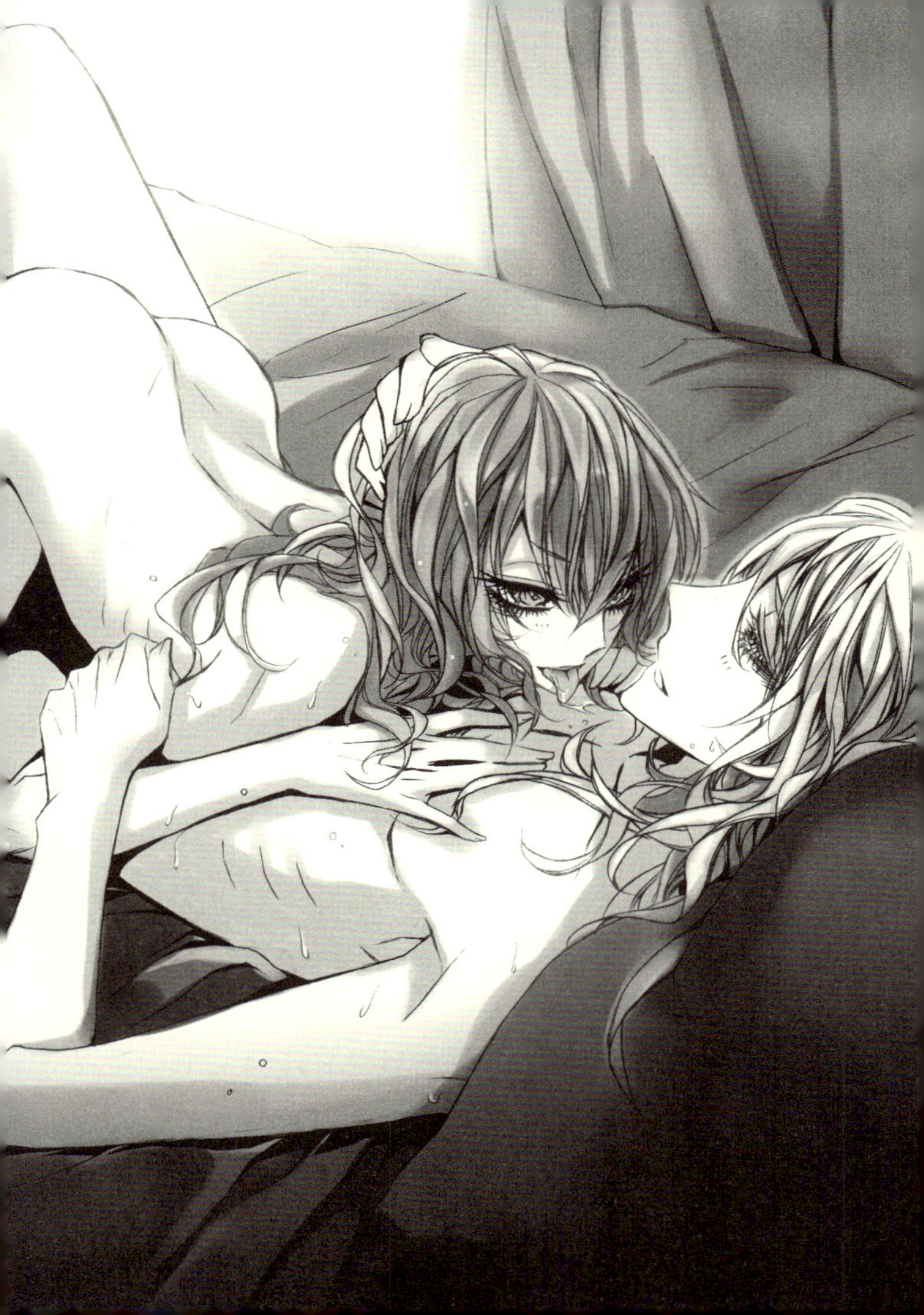

そう云《い》って、まるで絞《し》め技のように抱きついてくる綾斗《あやと》に、別の場所まできつく絞めつけられて、麗音《れおん》は思わず快感の喘《あえ》ぎを洩《も》らす。

「あっ、綾斗《あやと》……」

「ひ、あぁんっ」

奥で大きく脈動《みゃくどう》する麗音《れおん》の欲望《よくぼう》に、綾斗《あやと》の狭い蜜《みつ》つぼが甘くとろけながら、からみついてきた。

「あぁ、可愛《かわい》いよ、綾斗《あやと》」

甘い血の流れを感じさせる綾斗《あやと》の首筋《くびすじ》に、麗音《れおん》は夢中で唇《くちびる》を押しあてる。

「あ、麗音《れおん》、お願いっ、お願いっ」

「いいよ。僕も限界。一緒にいこう、綾斗《あやと》」

身体を入れ替え、綾斗《あやと》を身体の下に組み敷くと、麗音《れおん》は激しく腰を動かし始めた。

「あっ、麗音《れおん》、あっ、あっ」

綾斗《あやと》の可愛い喘ぎが、身体中の血をたぎらせる。

腕の中で快感に震《ふる》えている綾斗《あやと》の身体を、麗音《れおん》は深々《ふかぶか》と突き上げる。

「やっ」

「あ……綾斗《あやと》」

下腹に弾《はじ》ける恋人の熱い飛沫《ひまつ》に濡《ぬ》れながら、麗音《れおん》も、みずからの欲望を解き放っていた。

「はぁっ。はぁっ」

どちらのものともつかない喘ぎが、蒼《あお》い月光に満たされた夜の道場に響いている。

「は、反則だぞ」

絞《し》め技をかけて、落とす寸前《すんぜん》までいったはずが、気がつくとなぜか、冬吾《とうご》は畳《たたみ》の上に押し倒されていた。

相手はもちろん、年下の剣道部副部長だ。

そして敗因は、胸を愛撫《あいぶ》されたせい。だが、きっとそれだけではない。

(俺の絞め技は、あの姫宮《ひめみや》でも外《はず》せた試しがないのに)

「おまえ、柔道は素人じゃないな?」

「ええ、まぁ」

冬吾《とうご》の道着の胸元を大きくはだけさせて、二つの突起《とっき》を交互に舌で濡らしながら、順《じゅん》平《ぺい》は白状する。

「父子《ふし》家庭の上に、親父があんななので、ガキの頃から綾斗《あやと》さんちの道場に入り浸《びた》ってたから、主だった武道は一応かじりました」

「かじっただけか？　どう見ても、おまえの腕は黒帯……」

「段は持ってますよ。あなたや綾斗《あやと》さんにはかなわないけど」

謙遜《けんそん》という感じでもなく、順平《じゅんぺい》は答えるけれども。

「しかし、実際に、俺はおまえにこうやって……」

「勝ち負けは、気にしないほうがいいですよ。俺、反則使ってますし」

順平《じゅんぺい》は自分から認めると、冬吾《とうご》の乳首《ちくび》に唇《くちびる》を押し当てた。

「あっ」

唇で周囲をなぶって舌で吸い上げるたびに、冬吾《とうご》がいちいちのけぞってしまうのが楽しいのか、順平《じゅんぺい》は何度も同じ手順をくり返している。

「飽《あ》きないのか？　それ……」

冬吾《とうご》が尋ねると、順平《じゅんぺい》はようやく突起から唇を離し、代わりに指でクニクニとこねまわしながら、まなざしでうなずいた。

「飽きませんねぇ。あなたの反応が可愛いから、もっとしてやりたくなる」

「可愛いって、おまえ、目、大丈夫か？」

本気で心配そうに云《い》う冬吾《とうご》を、順平《じゅんぺい》は、ちらりと横目で見る。

「近視も遠視もないですよ。もちろん、乱視も」

「じゃあ、なぜ俺なんかに、こんな真似《まね》ができるんだ？　姫宮《ひめみや》ならまだしも」

「俺にもわかりません。でも……、先輩、おいしそう」

順平《じゅんぺい》は、指の腹で冬吾《とうご》の乳首の先端をツンとつつくと、いきなりそこに唇を近づけて、はぁっと熱い息を吹きかけた。

「あ、あぁっ」

濡《ぬ》れた乳首の表面が揮発《きはつ》する瞬間《しゅんかん》の、絞《し》めつけられるような快感に、冬吾《とうご》は身悶《みもだ》えする。

「そんなに好きですか？　ここ」

「好きなのは、おまえのほうだろ？　人の胸にしつこくしゃぶりつきやがって」

冬吾《とうご》に指摘《してき》されると、順平《じゅんぺい》は意外にも素直《すなお》にうなずいた。

「たしかに。母親に早くに捨てられたせいかな？」

そんなふうに云われると、母乳をたっぷりと飲んで育った冬吾《とうご》は、なんとなく申し訳なくて、責めづらい気分になる。

（いや、しかし、ここはきっちり云っておかなければ）

男のくせに胸を舐《な》められるのが大好きというレッテルを貼られるのは、非常に不本意《ふほんい》だ。

それに……。

（こいつも、普通に女の子とくっついたほうが幸せになれるだろうしな）

自分に云《い》い聞かせると、冬吾《とうご》は、人の胸に喰《く》らいついて、幸せそうにちゅくちゅくと舌で吸いついてくる順平《じゅんぺい》の頭を押しのけた。

不満そうに視線《しせん》を上げる順平《じゅんぺい》に、冬吾は助言する。

「そんなに吸いたかったら、巨乳の彼女に頼めばいい」

けれど、順平《じゅんぺい》は、冬吾《とうご》から視線をそむけて、低いため息をついた。

「無駄《むだ》ですよ。どうせ先輩以外には、ぴくりとも反応しないし」

「あきらめるのはまだ早い」

「失敗するに決まってます。先輩だって、その目で見たでしょう？　使いものにならない男がどんな目にあうか」

すっかり投げやりになっている順平《じゅんぺい》を、冬吾《とうご》は忍耐《にんたい》強く説得する。

「彼女だって、おまえがほかの誰かの名前を呼んだから、怒ったんじゃないのか？　よそ見をせずに全力で愛情を捧げれば、役に立たないくらいは許してくれるはずだ」

冬吾《とうご》は、肘《ひじ》で上半身を起こすと、順平《じゅんぺい》の肩に手をまわして、なだめるように耳打ちした。

「ちゃんと謝って、もう一度頼んでみたらどうだ？　そうすれば、機能回復のリハビリも手伝ってくれるかもしれないぜ。アイドル並みに可愛い子だったじゃないか？　男の俺より、百倍いいと思うぜ」

冬吾《とうご》のアドバイスが聞こえていないわけはないのに、順平《じゅんぺい》は黙りこんでいる。

「おい！　聞いてるのか？」

「先輩って、残酷《ざんこく》だよな。綾斗《あやと》さんより、鈍感《どんかん》かも」

ぼそりと洩《も》らす順平《じゅんぺい》を、冬吾《とうご》はぽかんと見つめた。

だが、すぐにふつふつと怒りが湧《わ》きあがってくる。

「これだけ親身《しんみ》になってやっている俺に向かって、そういうことを云うのか？　初キスも、初フェラも、おまえにくれてやったのに！」

（しまった……）

勢いに任せて、云う必要のないことまで口走ってしまって、冬吾《とうご》は激しく後悔《こうかい》する。

順平《じゅんぺい》がうっかり聞きのがしてくれるか、もしくは、聞かなかったふりをしてくれますようにと、冬吾《とうご》は天に願うが。

「初めて……だったんですか？」

残念ながら、順平《じゅんぺい》は、驚きもあらわに、顔を上げた。

「だったら、悪いか」

開き直るつもりが、顔が熱くなるのがわかる。

「反応が初々《ういうい》しすぎたから、もしかして……とは思ったんですが。柔道部とか、先輩たちにそういう関係を強要《きょうよう》されそうだから、てっきり慣《な》れてるかと」

「おまえ……俺をそんな目で見てたのか？」

ショックを通り越《こ》して、悔《くや》しくて、涙まで出そうになる。

「俺が誰とでも簡単《かんたん》に寝るような、手軽《てがる》な奴に見えてたってわけだ?」

「違うっ。俺は本気で先輩に……」

起き上がろうとする冬吾《とうご》の腕にすがりつくように、順平《じゅんぺい》は抱きついてきた。

「失言《しつげん》は謝りますから、そんなに怒らないでください」

強く抱きしめられて、耳元で懇願《こんがん》される。

けれども、一度凍《こお》りついた心は、そう簡単には融《と》けない。

「もう、おまえとはこれっきりだ」

順平《じゅんぺい》の身体を押しのけると、冬吾《とうご》は立ち上がった。

「これからは、顔を合わせても、絶対声をかけるなよ」

そう云《い》い捨てて、早足で歩き出す。

美人の彼女さえも追いかけなかった順平《じゅんぺい》のことだ。冬吾《とうご》が絶交宣言《ぜっこうせんげん》をした時点で、二人の関係は終わるに違いない。

考えてみれば、妙《みょう》な関係だった。

元々は、綾斗《あやと》をめぐる恋のライバルで、同じ相手に振られた負け犬同士。

運命の悪戯《いたずら》で、濃密《のうみつ》な思い出を作ってはしまったが、順平《じゅんぺい》は、男女どちらも食える、不誠実《ふせいじつ》で節操《せっそう》なしの雑食狼野郎《ざっしょくおおかみやろう》。

傷を舐《な》め合うだけの仲にしても、柔道一筋《ひとすじ》の生真面目《きまじめ》で不器用《ぶきよう》な自分とは長続きしそうにない。

それに、綾斗《あやと》への失恋の傷が癒《い》える頃には、順平《じゅんぺい》の男の機能も自然に回復するだろう。

いずれは不要になる関係なのだから、ここで切っても、なにも問題はないはずだ。

(さらばだ、順平《じゅんぺい》)

「失礼……」

一礼《いちれい》して道場から出ようとする冬吾《とうご》を追いかけてきた順平《じゅんぺい》が、前にまわって、行く手をふさぐように両手を広げた。

「なんのつもりだ?」

冬吾《とうご》が訊《き》くと、順平《じゅんぺい》は、いきなり床にひざまずく。

「俺を見捨てないでください！　お願いします」

床に頭を押し当てて土下座《どげざ》する順平《じゅんぺい》を、冬吾《とうご》は呆然《ぼうぜん》と見下ろしていた。

SECRET★4

〔どこまで本気★〕

雨音のようなシャワーの響きが、閉じた扉の向こうから、かすかに洩《も》れ聞こえてくる。

(なぜ、こんなことに……)

自室のキッチンのカウンターテーブルに、ゲーセンの戦利品の『だらっクマ』をひとつずつ並べながら、冬吾《とうご》は順平《じゅんぺい》のいるバスルームのほうをちらりと見遣《みや》った。

「なぁ、ショーヘイ。俺《おれ》はどうしたらいいんだ?」

カウンターの隅《すみ》の壁《かべ》に面した定位置《ていいち》に長い手足を投げ出して座っているクマぬいのショーヘイを抱き上げ、語りかけながら床に腰を下ろす。

(あんないい加減な奴、きっぱり切ってやるつもりだったのに)

「……しくじったよなぁ」

あぐらをかくと、膝《ひざ》の上にだっこしたショーヘイの頭に顎《あご》をのせて、冬吾《とうご》は深いため息をついた。

(まさか、あいつがあんな捨て身の技を使うとは……)

土下座《どげざ》などという予想外の大技《おおわざ》に心底動揺《どうよう》したとはいえ、床に頭を押しつけている順《じゅん》平《ぺい》をそのまま放っておけずに、結局部屋にお持ち帰りしてしまった時点で、完全にアウトだろう。

絶交どころか、順平《じゅんぺい》のこれまでの蛮行《ばんこう》をすべて許したと思われても仕方《しかた》がない。

情にもろいせいで、今ひとつ詰めの甘い自分が恨《うら》めしい。

下心しかないような奴の頼みなど、なにがなんでも突っぱねるべきだったのに。

だが、いくら怒髪天《どはってん》をつくほどの状況でも、土下座までしている相手をむげに突き離せるほど、自分はクールにはなりきれない。

「どうせ俺は、暑苦しい男だよ」

開き直るようにつぶやくと、冬吾《とうご》は、ショーヘイの首に片腕《かたうで》をまわし、絞《し》め技に持ちこみながら、フローリングの床に寝転がった。

見捨てないでくれと土下座した順平《じゅんぺい》の姿を思い出すと、あのときの抗《あらが》いがたい興奮《こうふん》が、うねるように甦《よみがえ》ってくる。

そう。あろうことか、あのとき冬吾《とうご》は、ひどく欲情《よくじょう》してしまったのである。

「あっ」

もどかしい熱のかたまりが、またしても身体の奥からせり上がってきてくるのを感じて、冬吾《とうご》は、ショーヘイを胸に抱きしめながら、身悶《みもだ》えるようにごろごろと床の上を転がった。

(なんなんだ？　この気持ちは)

頼られると弱い性格だという自覚はある。

けれど、そのせいで順平《じゅんぺい》に、つまらない誤解《ごかい》をされてしまったことが悔しい。

(俺が、誰にでもあんな真似《まね》を許すと思ってるのか？)

口でしてやったことも、胸を舐《な》めさせてやったことも。

（やはり、奴が風呂から出てきたら、即行叩《そっこうたた》き出すしかないな）

そう心に誓《ちか》うが、順平《じゅんぺい》にすがるようなまなざしで懇願《こんがん》されたら、ふたたび突き放す自信はなかった。

目を閉じると、甘えてねだるときの順平《じゅんぺい》の潤《うる》んだ瞳《ひとみ》が、ぼわんと脳裏《のうり》に浮かぶ。

（無理だよなぁ）

悔《くや》しげに吐息《といき》をついて、冬吾《とうご》は目を閉じる。

その刹那《せつな》、冬吾《とうご》は、子供の頃《ころ》、仔犬《こいぬ》を拾ったことを、ふいに思い出した。

あれはまだ、冬吾《とうご》が小学校にあがったばかりの頃。今にも雪の降り出しそうな冬の午後だった。

段ボールに入れられて公園に捨てられていた茶色い毛並みの仔犬を見つけた冬吾《とうご》は、マンションではペットは飼えないと日頃から云《い》い含められていたにもかかわらず、放っておけずにマフラーで大事に包んで、ダッフルコートの中に隠し、こっそり自分の部屋に連れこんだのだった。

もちろん、すぐに母に見つかり、ミルクを飲ませてもらったあとで、かわいそうだけど元の場所に置いてきなさいと云われて。

でも、甘えてクゥンクゥンと泣く仔犬を捨てられずに、一緒に家出しようと思いつめたことまでもが、数珠繋《じゅずつな》がりに脳裏に甦《よみがえ》ってくる。

家出とはいっても、行き着いた先は、自宅のマンションから五分と離れてはいない電器ショップの軒下《のきした》だったけれど。

店員からは死角《しかく》になっている隅《すみ》っこで、舞い始めた白い雪を避けるように仔犬《こいぬ》をかかえ、ショーウィンドウのTVから流れてくるドラマの連続再放送を震《ふる》えながら見ていたあのときのことが、まるで昨日の出来事のように思い出される。

心細くて寒くて、今にも泣き出しそうだった冬吾《とうご》の心を奪い、力づけてくれたそのTVドラマこそが『若き黒帯《くろおび》たちの伝説』。

主人公のライバル役だった若き日の山下昇平《やましたしょうへい》を、一躍《いちやく》スターダムにのし上げた青春《せいしゅん》柔道物語《じゅうどうものがたり》だった。

ちょうど番組が終わる頃に、捜《さが》しにきた親に見つかり、家に連れ戻されて……。

その仔犬と一緒に過ごすことができたのは、里親が見つかるまでの一週間だけではあったが、そのとき芽生《めば》えた昇平《しょうへい》への憧《あこが》れと柔道への熱《あつ》い情熱は、いまだに冬吾《とうご》を支えてくれている。

（ジュンペイ、元気にしてるかな？）

思わずつぶやいた自分の言葉に、冬吾《とうご》はびくりと顔を上げる。

今の今まですっかり忘れていたが、あの仔犬に冬吾《とうご》がつけた名前は、たしかにジュンペイだった。

柔道ドラマ『若き黒帯《くろおび》たちの伝説』略して『黒伝《くろでん》』の中で、口に薔薇《ばら》を咥《くわ》えてフラメンコなんか踊ってしまう、いかした美形ライバル役の昇平《しょうへい》が、いつも連れていた仔犬《こいぬ》の名前をもらったから、間違《まちが》いない。

(そうか! 仔犬と同じ名前だったせいで、俺はうっかり順平《じゅんぺい》を拾って、部屋に連れ帰るような真似《まね》をしてしまったんだな)

突然納得《とつぜんなっとく》がいった気がして、冬吾《とうご》は一人うなずく。

だが、今、冬吾《とうご》の部屋のバスルームでシャワーを浴びている順平《じゅんぺい》は、あのときの仔犬とは違う。

甘え上手で、なぜか放っておけないところは、似ているけれども。

(いや、今はそんなことより、風呂から出てきた順平《じゅんぺい》を、どんな態度《たいど》で迎《むか》えるべきかを、真剣に考えなければ!)

これまでは、よくいえば『自然体で』、悪くいえば『流されるままに』、順平《じゅんぺい》の好きにされてきたが、このままでいいはずがない。

(奴が早く、真人間《まにんげん》になってくれれば……)

そして、戯《たわむ》れに、性的な意味で誘《さそ》いかけてくるような真似《まね》をやめてくれさえすれば、普通に先輩後輩《せんぱいこうはい》として、いい仲も築けると思うのに。

「かなり重症のようだからなぁ」

全力で慕《した》っていた綾斗《あやと》に、容赦《ようしゃ》のない言葉でふられただけあって、順平《じゅんぺい》の心の傷は、相当深いように見える。

それでも、道場にひっぱっていったときには、失恋のショックで性的な悩みに翻弄《ほんろう》され、飢《う》えたケダモノになっている順平《じゅんぺい》を、更生《こうせい》させる自信はあったのだが。

無心《むしん》で身体を動かせば、邪《よこしま》な欲望《よくぼう》など、吹き飛ぶに違いない。

……そう確信《かくしん》していたわりには、見事に失敗して、興奮してますます獣化《けものか》した順平《じゅんぺい》に、身体ばかりか言葉でも辱《はずかし》めを受けるという、情けない結果に。

「どうすればいい？」

順平《じゅんぺい》がバスルームに消えてからの数分のあいだに、いったい何度口にしたかわからない台詞《せりふ》を、冬吾《とうご》は思わずまたくり返してしまう。

そのとき……。無情にも、がちゃりとドアの開く音がして、順平《じゅんぺい》が顔を覗《のぞ》かせた。

下は制服のズボンをきちんとベルトまで身につけているが、シャツは羽織《はお》っただけで、前が全開になっている。

男の裸など見慣れているはずなのに、冬吾《とうご》は、なぜか目のやり場を捜《さが》してしまった。

「シャワー、ご馳走様《ちそうさま》でした。あ、タオル、借りてます」

順平《じゅんぺい》は云《い》うと、グルーミングされたての仔犬《こいぬ》のようなほわほわの髪を、ワインカラーのタオルでぬぐいながら、まっすぐに冬吾《とうご》のほうへ近づいてきた。

「おうっ。なにか飲むか？」

うなずく順平《じゅんぺい》に、冬吾《とうご》は、冷蔵庫から取り出したミネラルウォーターのペットボトルを手渡す。

受け取ろうとした順平《じゅんぺい》は、うっかり触れた冬吾《とうご》の手がびくりと震《ふる》えるのを見て、困ったような笑みを浮かべた。

「そんなに警戒《けいかい》されると、俺、なにかしなきゃいけないんじゃないかって気になるじゃないですか」

「な、なにかって？」

「わかってるくせに」

小さく肩をすくめると、順平《じゅんぺい》はペットボトルの飲み口に唇《くちびる》を寄せながら、責めるような上目遣《うわめづか》いで冬吾《とうご》を見つめた。

「先輩って、天然《てんねん》だよね。無意識に誘ってるって意味で」

「また、ばかなことを」

「先輩にとっては、ばかなことなんだろうけどさ」

恨《うら》めしげに洩《も》らすと、順平《じゅんぺい》は横目で冬吾《とうご》を窺《うかが》い見た。

「なんだ？　なにか云いたいことでもあるのか？」

冬吾《とうご》がうながすと、順平《じゅんぺい》は小さく吐息《といき》をついた。

「意地悪《いじわる》だよな、先輩は。そうやって、人の恋心を試して」

「恋心って！」

冬吾《とうご》は、あからさまにうろたえて、一歩あとずさる。

「いいか？　そんなものは、ただの錯覚《さっかく》だ。失恋のショックで、おまえが見境《みさかい》なくなっているだけで」

「錯覚だとか、勝手に決めつけないでくれませんか。見境ないってのも、なんだかなぁ。俺、これでも結構一途《いちず》なんですよ。……傷つくなぁ」

わざとらしい軽口《かるくち》で云《い》い返すわりには、順平《じゅんぺい》は本気で傷ついたような顔をする。

「そんな話、信じられるか。現に今日だって、おまえ、女の子と」

冬吾《とうご》が責めると、順平《じゅんぺい》は深々《ふかぶか》とため息をついた。

「だから、たしかめたかったんだって。本当にあなたにしか反応しないのかどうかを」

順平《じゅんぺい》は、ペットボトルをカウンターに置くと、クマのショーヘイを抱きしめている冬《とう》吾《ご》の肩から上腕に、ゆっくりとてのひらを這《は》い下ろした。

「俺が、先輩にしか欲情《よくじょう》しないっていうのは、証拠《しょうこ》になりませんか？」

冬吾《とうご》の腕を強くつかんで引き寄せると、順平《じゅんぺい》は、吐息《といき》が触れそうなほど顔を近づけて、低くささやく。

途端《とたん》、冬吾《とうご》は、ぞくりと下腹の奥が疼《うず》くのを感じて、息をのんだ。

けれども、それを順平《じゅんぺい》に気取《けど》られないように顔をそむけて、そっけなく云った。

「怪しいもんだな。俺にしか勃《た》たないというのは、おまえの自己申告だろう？」

「まぁ、そうですけど」

不機嫌《ふきげん》な声で順平《じゅんぺい》はうなずくと、試すような目で冬吾《とうご》を見た。

「じゃあ、逆に訊《き》きますけど、先輩は、誰が相手でも反応するんですか？」

「ばかな！　だから、俺はそんなふしだらじゃないと、何度云えば」

「ってことは、先輩は俺のことが好きなんだ？」

挑《いど》むように云い切る順平《じゅんぺい》を、冬吾《とうご》は呆《あき》れてにらんだ。

「なぜ、そうなる？」

「え？　自覚ないんですか？　俺にエッチなことされると、先輩のアレ、すぐ元気になるじゃないですか」

「それは……」

口ごもる冬吾《とうご》を見下ろし、順平《じゅんぺい》は肩をすくめてみせる。

「それなら、こうしませんか？　互いに、本心をたしかめ合ってみるというのは？」

「なにを云って……」

「わからないなら、教えてやるよ。身体で」

そう云うと、順平《じゅんぺい》は、冬吾《とうご》の腕からショーヘイを奪い取り、器用に片手でカウンターに座らせた。

「今夜たしかめておかないと、あなたが俺をどう思っているのか、二度と訊《き》けない気がするから」

切なげに声を低くして、耳打ちすると、順平《じゅんぺい》は、冬吾《とうご》の身体を肩に担《かつ》ぎ上げた。

「おい。どこへ」

「ベッド」

順平《じゅんぺい》は答えると、冬吾《とうご》を担いだまま、真っ直ぐに寝室のほうへ歩いてゆく。

冬吾《とうご》は、順平《じゅんぺい》に簡単《かんたん》に担ぎ上げられていることにショックを受けて、頭の中が真っ白になる。

（少し前までは、背だって俺より低かったくせに）

おかげで、抗《あらが》い損《そこ》ね、気がついたときには、ワインカラーで覆《おお》われた天蓋《てんがい》付きの自分のベッドに組み敷かれていた。

「なにをするつもりだ？」

「とりあえず、するのは、先輩のほうかな？」

「なっ？」

とっさに逃げようとする冬吾《とうご》の下肢《かし》を、太腿《ふともも》で挟《はさ》みこみながら、順平《じゅんぺい》は口元で笑う。

「逃がさないよ、先輩」

冬吾《とうご》の顔の両脇に手をついて覗《のぞ》きこむと、順平《じゅんぺい》は甘い猫撫《ねこな》で声で宣告した。

「俺が、あなたの愛撫《あいぶ》でどれだけ感じるかを、知ってもらわないといけないから」

「そんなこと、知りたくない」

「じゃあ、先輩が、俺の愛撫でどれだけ感じるかを、先に調べようかな？」

順平《じゅんぺい》がつぶやくのを聞いて、冬吾《とうご》は悔《くや》しげに云《い》った。

「おまえを調べるほうが、先でいい」

背に腹はかえられない。

逃げられないのなら、せめて先に痴態《ちたい》を見られるのだけは、回避《かいひ》しなければ。

「さすが先輩。ものわかりがよくて助かります」

からかうように云うと、順平《じゅんぺい》はおもむろに身体を起こした。

「先輩も起きて」

順平《じゅんぺい》はうながすと、冬吾《とうご》の手を取って引き起こす。

そして、冬吾《とうご》の顎《あご》をつかまえると、投げ出した自分の両足のあいだに引き寄せた。

「俺の本気を、その目でしっかりとたしかめて、焼きつけてほしい。……なんてね」

順平《じゅんぺい》は照れ隠しっぽく笑うと、白いズボンのベルトを外し、中の黒いビキニパンツの昂《たか》ぶりを、冬吾《とうご》の前に突き出した。

「ほら、あなたのおかげで、役立たずな俺のこれも、もうこんなに」

「……っ」

布越《ぬのご》しに無理やり順平《じゅんぺい》のものに触れさせられ、冬吾《とうご》はびくりと身をすくめる。

ひっこめようとする冬吾《とうご》の手をつかまえて、自分の股間《こかん》に引き戻しながら、順平《じゅんぺい》は低い吐息《といき》を洩《も》らした。

「ねぇ、先輩。一度も二度も一緒でしょ？　観念《かんねん》して、俺の面倒《めんどう》見てくださいよ」

耳元を唇《くちびる》でなぶられ、冬吾《とうご》は、薄く目をすがめる。

「おまえって奴は……」

たくましく猛《たけ》った股間に人のてのひらを押さえつけている、指の長い順平《じゅんぺい》の手を振り払いながら、冬吾《とうご》は怒鳴った。

「よくもだましたな！」

「なんのことですか？」

小首をかしげる順平《じゅんぺい》を、冬吾《とうご》はにらむ。

「さっきのアレは芝居《しばい》だろう？」

「土下座……ですか？」

「あぁ」

冬吾《とうご》がうなずくと、順平《じゅんぺい》は即座《そくざ》に首を横に振った。

「だましてません」

「嘘《うそ》をつけ」

決めつける冬吾《とうご》を、逆に順平《じゅんぺい》が責める。

「ひどい人だな。純真《じゅんしん》な後輩を疑うなんて」

突然真面目《とつぜんまじめ》な顔になって、順平《じゅんぺい》は吐息まじりに告げた。

「……本心ですよ」

瞳《ひとみ》を哀《かな》しげにそむける順平《じゅんぺい》をそれ以上咎《とが》めることもできずに、冬吾《とうご》は仕方なく声音《こわね》を和《やわ》らげる。

「それなら、少しは行儀《ぎょうぎ》よくしていたらどうだ」

「俺もそのつもりだったんですけど」

順平《じゅんぺい》はふたたび切なげに吐息《といき》を洩《も》らす。

「……先輩が、俺を誘うから」

「誘ってない！」

「やっぱり天然《てんねん》だな」

順平《じゅんぺい》は首をすくめると、長い睫毛《まつげ》を大きく上下させながら云《い》った。

「気をつけないと、俺みたいに単純な奴は、先輩もその気だって、すぐに思いこんじゃいますよ」

「おまえだけだ」

呆《あき》れて云《い》い返すと、順平《じゅんぺい》は心配そうに瞳を細めた。

「そうだといいんですが」

返事のあとに、順平《じゅんぺい》は声をひそめて続ける。

「……でないと困る」

「なんだって？」

「いえ。こっちの話なんで、気にしないでください。そんなことより、ね、早く……」

順平《じゅんぺい》は、冬吾《とうご》の髪を撫《な》でながら、甘えるようにささやく。

「う……」

冬吾《とうご》自身も人並みに下半身の欲望《よくぼう》に悩まされている年頃の男だ。なにを望まれているか、まったくわからないというわけではない。

だが、しかし、自分から嬉々《きき》としてそれをやる気になれるかといえば、ノーだ。

それも、ひと目で、自分のものよりも大きいとわかるいちもつを持っている男相手には。

「無理だ。絶対無理！」

くり返す冬吾《とうご》を、順平《じゅんぺい》は怪訝《けげん》な面持《おもも》ちで覗《のぞ》きこむ。

「なにをいまさら。あんなに上手だったじゃないですか」

「あ、あれは……」

たしかに先週、順平《じゅんぺい》を口でいかせはしたが、褒《ほ》められるほど巧《たく》みだったとは、到底《とうてい》思えない。

「あのときと同じ要領《ようりょう》で、俺を気持ちよくさせてくれたら、それで大丈夫だから」

「記憶にない」

怒った声で、冬吾《とうご》はつぶやく。

厳密《げんみつ》にいえば、『思い出したくない』というのが正しい。

いつのまにかその行為《こうい》に夢中になって、順平《じゅんぺい》のものにむしゃぶりついてしまった自分が恥《は》ずかしすぎて……。

「よって、なにをやればいいのか、わからない」

しらばっくれると、冬吾《とうご》は、期待に満ちた順平《じゅんぺい》のまなざしからのがれるように、顔をそむけた。

当然ながら、頭の上から非難《ひなん》の声が降ってくる。

「先輩さぁ、実は天然《てんねん》じゃなくて、わざとじらしてるんじゃ？」

「ふざけるな。俺はそんな小細工《こざいく》はしない」

「だったら、もったいぶらずに、今すぐ俺のを握《にぎ》って」

順平《じゅんぺい》は、冬吾《とうご》の手をつかんで、下着の上に導く。

その下にある獰猛《どうもう》な昂《たか》ぶりの感触に、冬吾《とうご》はゴクリと生唾《なまつば》をのんだ。

「ねっ。先輩。お願い……」

懇願《こんがん》と命令の混濁《こんだく》したそのささやきは、冬吾《とうご》の情欲《じょうよく》を甘くゆさぶる。

「そうやって、いつも男をタラシてるのか」

「え？」

動揺《どうよう》している自分を認めまいとして、冬吾《とうご》は思わず咎《とが》めるような言葉を洩《も》らしてしまう。

だが、傷ついたように顔を上げる順平《じゅんぺい》と目が合って、すぐに後悔《こうかい》した。

「悪い、つい」

それを無視して、順平《じゅんぺい》は無愛想《ぶあいそ》に瞳《ひとみ》をそらす。

「ご存知のとおり、別に男だけじゃないですけどね。それに、俺のほうからお願いすることは、滅多《めった》にないし」

「なら、俺にやらせなくても」

ついムッとしてしまう冬吾《とうご》に、順平《じゅんぺい》は謝罪《しゃざい》した。

「すみません」

冬吾《とうご》の片頬《かたほお》をてのひらで包みこんで、そっと撫《な》で上げながら、順平《じゅんぺい》は吐息《といき》を零《こぼ》す。

「でも、俺のこれ、先輩にしか反応しないし。……ほかの奴には、なにをされても、だめなのに」

「本当だったのか？　俺にしか反応しないってのは」

どこか哀愁《あいしゅう》を帯《お》びた口調《くちょう》で洩《も》らす順平《じゅんぺい》に、冬吾《とうご》はおずおずと尋ねた。

「疑ってたんですか？」

消え入りそうな声で、順平《じゅんぺい》がささやく。

「すまん」

「いや、疑われるような態度をとった俺も悪いから」

順平《じゅんぺい》は首を横に振ると、謝る冬吾《とうご》の腕をつかんで、ベッドの上に引き起こした。

「でも、先輩が、俺にとって特別だというのは、嘘《うそ》じゃないです」

「こいつが、俺しか反応しないから？」

冬吾《とうご》は、順平《じゅんぺい》のものを、下着の上から握《にぎ》り上げる。

「う、……はい」

冬吾《とうご》にぎゅむぎゅむと握られ、順平《じゅんぺい》はうっとりした声音《こわね》でうなずいた。

「おまえは、下半身の考えが第一優先か？」

冬吾《とうご》が呆《あき》れてつぶやくと、順平《じゅんぺい》は不満そうに眉をひそめる。

「下半身は考えたりしませんよ。そんなことより……」

順平《じゅんぺい》は、冬吾《とうご》の手をつかんで、もう一度そこを握らせた。

「俺がどれだけあなたに感じてるか、早くたしかめてくれませんか？」

順平《じゅんぺい》が云《い》うように、そこは、冬吾《とうご》の指が触れた途端《とたん》、布越《ぬのご》しにもわかるほど硬くなる。

びくりと手をひく冬吾《とうご》に熱っぽい視線《しせん》を投げながら、順平《じゅんぺい》が感嘆《かんたん》の吐息を零した。

「やっぱりすごいな。先輩、男を興奮させるおかしなオーラでも放ってるんじゃ」

「ばかなことを云《い》うな。おまえのほうこそ、やばいフェロモンまき散らしてるだろう」

すかさずやり返す冬吾《とうご》の股間《こかん》に、順平《じゅんぺい》の視線がとまる。

「ほんとだ。先輩のここも、こんなに張り詰めてる」

低い声でささやきながら、順平《じゅんぺい》は冬吾《とうご》の下腹のふくらみを指の腹でゆるりと撫《な》でた。

「まぁ、俺は、元々正常だからなっ」

順平《じゅんぺい》の手を股間から押しのけて、冬吾《とうご》は云《い》い訳《わけ》する。

「へぇ。正常だと、人のを触っただけで、こんなに興奮しちゃうんだ？」

妖《あや》しく細めた瞳《ひとみ》を上げて、順平《じゅんぺい》は咎《とが》めるように冬吾《とうご》を見た。

熱をはらんだ官能的《かんのうてき》な順平《じゅんぺい》のまなざしに、冬吾《とうご》の身体は甘く震える。

「誤解《ごかい》を招くようなことを云うな。おまえが破廉恥《はれんち》な真似《まね》をするせいだろっ」

とっさに、順平《じゅんぺい》を責めるけれども……。

胸を撫《な》でまわされるくすぐったいような甘い感覚が脳裏《のうり》に甦《よみがえ》り、余計《よけい》に欲情《よくじょう》してしまい、冬吾《とうご》は悔《くや》しげに瞳を潤《うる》ませた。

そんな冬吾《とうご》を視姦《しかん》するみたいに見つめながら、順平《じゅんぺい》が訊《き》く。

「破廉恥な真似って？」

「しらばっくれるな。道場でも、さんざん俺の身体を撫でまわしやがったくせに」

「あぁ、あれか。……先輩、胸いじられると、すごく感じるみたいだね？」

「なっ？」

順平《じゅんぺい》はくすっと笑いながら、冬吾《とうご》のはだけた胸元に、いきなり手をもぐりこませてきた。

「あっ」

弾《はじ》かれただけでツンと尖《とが》る突起《とっき》の根もとを、順平《じゅんぺい》は硬い爪の先で挟《はさ》みこむ。

敏感なそれを爪できゅっとひっぱられては、とても平気ではいられない。

「ひっ」

冬吾《とうご》は浅ましく身悶《みもだ》えると、順平《じゅんぺい》に覆《おお》いかぶさる恰好《かっこう》で、シーツに両手をついた。

そのせいで身体がずれて、順平《じゅんぺい》の股間《こかん》に乗り上げてしまう。

「んっ」

「ジャストミート」

順平《じゅんぺい》は声をひそめて笑うと、冬吾《とうご》の乳首《ちくび》を左右同時に両手の指でもてあそびながら、腰を突き上げてきた。

「だっ、だめだ。そんなふうにされたら」

「濡《ぬ》れちゃう？」

「ちがっ」

否定したいのに……。

順平《じゅんぺい》のいうとおり、欲望《よくぼう》の先端からにじみ出る先走りの蜜《みつ》で、今にも下着を濡《ぬ》らしてしまいそうで、きっぱりと首を横に振れない自分が恨《うら》めしい。

「俺に感じた顔見られるの、恥《は》ずかしい？」

「べ、別に……」

「嘘《うそ》ばっかり。ねぇ、先輩、いい方法があるんだけど」

うまい答えが見つからなくて口を噤《つぐ》む冬吾に、危険な笑みを浮かべた順平《じゅんぺい》が、『毒《どく》りんごはいかが？』とばかりにささやきかけた。

「聞きたいですか？」

冬吾《とうご》は無言《むごん》のまま瞳《ひとみ》を上げて、順平《じゅんぺい》を窺《うかが》い見る。

それを勝手に了解の合図《あいず》と受け取った順平《じゅんぺい》は、早速《さっそく》その方法とやらを冬吾《とうご》に持ちかけた。

「二人で同時にやりませんか？　そうすれば、一人だけ恥ずかしい思いをしなくてもすみますよ」

「同時にって？」

首をかしげる冬吾《とうご》に、順平《じゅんぺい》がすかさず耳打ちする。

「シックスナイン」

「却下《きゃっか》！　倍、恥ずかしいだろうがっ」

「いてっ」

真っ赤になった冬吾《とうご》に頭を叩《たた》かれ、順平《じゅんぺい》がぼやく。

「名案だと思ったのに」

順平《じゅんぺい》は残念そうに云《い》うと、ゆらりと上半身を起こして、たくましく隆起《りゅうき》している自分の黒い下着の中へ、冬吾《ようご》の手を無理やり引きずりこんだ。

「あっ」

抗《あらが》うより先に猛《たけ》った順平《じゅんぺい》のものをじかに手の中に押しつけられて、冬吾《とうご》はびくりと硬直する。

それを見て、順平《じゅんぺい》が意味深《いみしん》な笑いを零《こぼ》した。

「先輩って、セックスするとき、いつもこんな感じなんですか？」

「どういう意味だ？」

「気づいてないんですか？　自分からすごいことをするのは平気なのに、人にさせられると、すごく恥《は》じらいを見せる」

黙りこむ冬吾《とうご》に、くすっと笑いを洩《も》らすと、順平《じゅんぺい》は、冬吾《とうご》の手を使って、自分の欲望《よくぼう》を慰《なぐさ》め始めた。

「相手はたまらないだろうな。こんなふうにいちいち可愛《かわい》い反応されちゃうと……」

「冗談《じょうだん》っ。俺はこんなこと」

……ほかの誰ともやったことなどないし、おまえとも続ける気はない。

そう続けるはずが……。

「あ、なにをする?」

荒々しく反《そ》り返った順平《じゅんぺい》の熱い昂《たか》ぶりを、力強く握《にぎ》らされて、冬吾《とうご》は息をのむ。

「ほら、先輩が可愛いせいで、俺のこれも、こんなに……」

意味深に声をひそめてささやくと、順平《じゅんぺい》は空いた片手でいきなり冬吾《とうご》の上腕をつかんだ。

「……ぁっ」

強引《ごういん》に引き寄せられ、順平《じゅんぺい》の胸に顔をうずめる形で抱きしめられて、冬吾《とうご》は甘い吐息《といき》を洩らす。

順平《じゅんぺい》の胸元にひそむ官能的《かんのうてき》な香りに溺《おぼ》れそうになって。

そんな冬吾《とうご》の顎《あご》を、ふたたび順平《じゅんぺい》がつかみ上げる。

「んっ!」

いきなり唇《くちびる》を奪われたかと思うと、口腔《こうこう》に忍びこんできた順平《じゅんぺい》の舌が、ねっとりと冬《とう》吾《ご》の舌にからみついた。

「あ、んっ」

またしても、順平《じゅんぺい》の仕掛《しか》けてくる濃密《のうみつ》なキスに、身体をとろとろにされてしまう。

いつもの自分なら、こんな無礼《ぶれい》な真似《まね》をされれば、当然禁じ手の脳天逆落《さかお》としのひとつくらいはお見舞《みま》いししているところだ。

自分でも呆《あき》れてしまう。

生意気《なまいき》で、元恋敵《もとこいがたき》の後輩に、いいようにイニシアチブを握《にぎ》られてしまっているとは。

勝てる相手に試合でうっかり足払いをかけられるよりも、さらに屈辱的《くつじょくてき》な事件だ。

それなのに……。

(俺は、なにをやってるんだ?)

相手に制裁《せいさい》を与えるどころか、熱っぽい順平《じゅんぺい》の舌に応《こた》えて、うっとりと自分からも舌をからませているなんて……。

(意味がわからない!)

年下の順平《じゅんぺい》が、いかにも慣れていそうな巧《たく》みな舌使いで自分を翻弄《ほんろう》しているのが、急に悔《くや》しくなって、冬吾《とうご》は唇を離そうとする。

けれども、順平《じゅんぺい》は、逃がさないとでもいうように、しつこく唇で追いかけてきた。

「んっ、はぁっ」

無駄《むだ》に抵抗したせいで、唇の周囲はもちろん、頬《ほお》や顎《あご》までもキスで濡《ぬ》らされてしまう。

「もう、やめっ」

両手で肩を押しのけようとすると、逆にきつく抱きしめられる。

ふたたび唇をふさがれたと思った刹那《せつな》、予告もなしに下腹に伸びてきた順平《じゅんぺい》の手に、ズボンの前を探られるのがわかった。

「ね、先輩。一緒にたしかめ合おう……」

順平《じゆんぺい》は唇《くちびる》を冬吾《とうご》の耳元にすべらせ、低く押し殺した声で誘う。

「慰《なぐさ》め合うってことか？」

耳に触れる順平《じゆんぺい》の吐息《といき》にぞくりと身をすくませながら、冬吾《とうご》は訊《き》き返した。

「そうともいいますね」

冬吾《とうご》の耳をやんわりと甘咬《あまが》みしながら、順平《じゆんぺい》がうなずく。

「脱がせていい？」

「だめに決まって……」

「聞こえない」

順平《じゆんぺい》は容赦《ようしや》なく遮《さえぎ》ると、両手で冬吾《とうご》のウエストのボタンを外した。

そして、張り詰めたふくらみの上を這うファスナーを、用心深く下ろしてゆく。

「あっ」

さすがに冬吾《とうご》は抵抗しようとするが。順平《じゆんぺい》は冬吾《とうご》の腰に腕をまわして、太腿《ふともも》の付け根のあたりまで、ズボンを引き下ろしてしまう。

「あとは自分で脱いでくれますか」

「なぜ、俺まで」

「汚れてもいいのなら、そのままでもかまわないけど」

そう云《い》うと順平《じゅんぺい》は、冬吾《とうご》の身体をやんわりと押しのけて、ベッドから下りた。

潔《いさぎよ》くズボンを脱ぎ捨てる順平《じゅんぺい》につられて、冬吾《とうご》も、中途半端《ちゅうとはんぱ》に引きずり下ろされたズボンを渋々《しぶしぶ》と脱ぐ。

（ほんとに、俺、なにやってるんだろう……）

再度心の中で自問《じもん》しながら、冬吾《とうご》は、自分同様シャツと下着だけになった順平《じゅんぺい》を横目で盗み見た。

（足、長《なげ》ぇ）

腰の位置が高いのか、うらやましいほどスタイルがよく見える。

いや、見えるだけでなく、実際に順平《じゅんぺい》は、均整《きんせい》のとれた美しい身体つきをしていた。

いつのまにか順平《じゅんぺい》の身体に見惚《みと》れていた冬吾《とうご》は、シャツの裾《すそ》からちらちらと覗《のぞ》く黒いビキニパンツのふくらみに気づき、ごくりと喉《のど》を鳴らす。

不能で悩んでいるとは到底《とうてい》信じがたいご立派《りっぱ》さだ。

（俺のだって、それほど貧弱《ひんじゃく》じゃないはずだが）

思わず自分のふくらみと見比べて、冬吾《とうご》は低く唸《うな》る。

そのとき、ふいに順平《じゅんぺい》が顔をあげた。

視線がぶつかり、冬吾《とうご》はあわてて顔をそむける。

「別にこそこそしなくても、好きなだけ見ていいですよ」

短いため息のあとに順平《じゅんぺい》は云《い》うと、冬吾《とうご》に近づいてきた。

肩を抱かれ、息を詰める冬吾《とうご》の耳に、低い声がささやく。

「……先輩に見られると、興奮するから」

冬吾《とうご》は責める。

「ばか」

順平《じゅんぺい》の恥《は》ずかしい台詞《せりふ》に思わずときめいてしまったのをごまかすように、冬吾《とうご》は責める。

「それじゃ、変態だろうが」

「そうなのかな？　ま、どうでもいいけど」

軽く首をすくめると、順平《じゅんぺい》はベッドに乗り上げ、冬吾《とうご》の腕をつかんで、シーツに押し倒した。

「どうでもよくないっ」

うしろ向きに倒れこみながら異議《いぎ》を唱《とな》える冬吾《とうご》のかたわらに、順平《じゅんぺい》も身体をすべりこませてくる。

「男が細かいこと、気にしない」

耳元でささやくと、順平《じゅんぺい》は性急《せいきゅう》に、冬吾《とうご》の手を自分の股間《こかん》へと引き寄せた。

「あっ」

「大丈夫。ちょっと目を閉じてるあいだに終わるから」

「嘘《うそ》をつけ」

たくましく張り詰めているものを握《にぎ》らされながら、冬吾《とうご》はすかさず咎《とが》める。

「ごめん。嘘です」

順平《じゅんぺい》は素直《すなお》に謝ると、冬吾《とうご》のグレーのボクサーパンツの中に、予告もなしに手を忍びこませてきた。

「ひぁっ」

とっくに頭をもたげているそれを、順平《じゅんぺい》のてのひらに握りこまれて、冬吾《とうご》は激しく身《み》悶《もだ》えてしまう。

「順平《じゅんぺい》、やめっ」

「やめませんよ。云ったでしょう？　今夜はあなたを、泣かせちゃうまで感じさせてやるって」

「そんなこと、聞いてない！」

首を振る冬吾《とうご》に、斜《なな》めにくちづけながら、順平《じゅんぺい》が首をかしげる。

「だから、男が細かいことに……」

「こだわるに決まってるだろうっ」

冬吾《とうご》が叫ぶと、順平《じゅんぺい》は、開き直ったように云った。

「面倒《めんどう》だから、先輩にだめだって云われたこと、やっちゃおうかな」

順平《じゅんぺい》は突然《とつぜん》思いついたように一人うなずくと、冬吾《とうご》に背中を向けて跨《また》る。

「まさか……」

かに座の星座マークが頭をよぎり、びくりと身をすくめる冬吾《とうご》の股間《こかん》を、熱い吐息《といき》が包みこんだ。

「あっ」

「その、まさか……シックスナイン」

冬吾《とうご》のものを、下着の上から咥《くわ》えこみながら、順平《じゅんぺい》は笑う。

「先輩も、俺のを咥えて」

順平《じゅんぺい》は身体をうしろにずらすと、片手で自分の下着をずらして、硬く反《そ》り返った欲望《よくぼう》で、誘うように冬吾《とうご》の唇《くちびる》を撫《な》でた。

「あ、くっ」

冬吾《とうご》は、必死に唇を逃がそうとする。

けれども、股間の欲望を下着からつかみ出され、順平《じゅんぺい》に咥えこまれたのがわかった瞬《しゅん》間《かん》、冬吾《とうご》は、観念《かんねん》したように、目の前のたくましいものを口の中に迎え入れてしまっていた。

「あ、いいよ。冬吾《とうご》さん」

ぎこちなく舌をからませて、おずおずと吸うと、順平《じゅんぺい》が甘い声を洩《も》らす。

その気持ちよさそうな順平《じゅんぺい》の声に反応して、冬吾《とうご》自身のものも、興奮して、硬くふくらむ。

「……っ」

「感じてくれてるんだ？」

動揺《どうよう》して息をのむ冬吾《とうご》に順平《じゅんぺい》は尋ねる。

そして、あたたかな口腔《こうこう》の粘膜《ねんまく》で、冬吾《とうご》をじらすようにやんわりと挟《はさ》みこんだ。

「別に、感じてなどない」

この期《ご》に及んで見栄《みえ》をはる冬吾《とうご》の口に、順平《じゅんぺい》は、お仕置《しお》きとばかりに、勇ましい先端を深く突き入れる。

「ん、んんっ」

喉《のど》まで突かれて、息苦しさに、冬吾《とうご》は思わず涙を浮かべる。

だが、次の瞬間、冬吾《とうご》は、今度は自分のものも同じようにされるのを感じて、大きく身を反らせた。

「ひっ」

刺激《しげき》に弱い先端をきつく絞《し》めつけられ、下肢《かし》をわななかせる冬吾《とうご》の欲望《よくぼう》を、順平《じゅんぺい》はさらに追いつめるように、じゅぷじゅぷと音を立てて舐《な》め上げる。

「はぁっ、あっ」

熱が極限まで高まって、限界が近いことを冬吾《とうご》に教えている。

「順平《じゅんぺい》、もうっ」

こらえきれずに、順平《じゅんぺい》のシャツに指をからませた刹那《せつな》、甘く濡《ぬ》れた声が訊《き》いた。

「先輩、俺のこと、好き?」

途端《とたん》、強烈《きょうれつ》な快感が身体を逆さに突き抜け、冬吾《とうご》は悲鳴をあげる。

「あぁっ!」

目の前が白く弾《はじ》けて、思わず叫んだ言葉はきっと、あとで思い出せば、恥《は》ずかしさに身《み》悶《もだ》えしそうな代物《しろもの》で。

冬吾《とうご》は心地《ここち》よい荒波にもまれながら、順平《じゅんぺい》にからかわれる前に、手っ取り早く意識を飛ばしていた。

SECRET★5

〔回復祝いに奪われて★〕

「先輩《せんぱい》、まだ終わってませんよ」

「あ、んっ」

頬《ほお》をパチパチと叩《たた》かれて、漂《ただよ》っていた薔薇《ばら》色の酩酊《めいてい》から冬吾《とうご》は引き戻される。

涙にぼやける瞳《ひとみ》を開いた冬吾《とうご》は、目の前に順平《じゅんぺい》の顔があるのを見て、心臓がとまりそうになった。

意識を失う寸前《すんぜん》に二人でなにをやっていたかを、一気に思い出してしまったからだ。

なにか無難《ぶなん》で気の利《き》いた台詞《せりふ》を探そうとするが、頭の中は『あわわわ』という言葉で、泡《あわ》のように埋《う》め尽《つ》くされていて、結局黙りこむしかない。

そんな冬吾《とうご》の頭を、順平《じゅんぺい》は片腕《かたうで》でかかえこむみたいにして、上から覗《のぞ》きこんでいる。

「俺《おれ》、まだなんですけど」

冬吾《とうご》の髪を、指先でもてあそびながら、順平《じゅんぺい》は云《い》った。

「え？　あ、あぁ」

シックスナインの最中《さいちゅう》に、どうやら冬吾《とうご》がフライングして、自分だけ気持ちよくいってしまったということらしい。

「すまん」

謝る冬吾《とうご》に、順平《じゅんぺい》は、首を横に振った。

「正直、俺も、しくじったなと思ったんですよ」

「え？」

「いや。つい興味本位《きょうみほんい》で、荒技《あらわざ》に挑《いど》んだはいいけど、シックスナインじゃ、あなたの可愛《かわい》い顔が見えないじゃないですか」

悔《くや》しそうに云う順平《じゅんぺい》を、冬吾《とうご》はぽかんと見つめた。

順平《じゅんぺい》は冬吾《とうご》に見られているのを知って、照れくさそうな笑みでごまかす。

「今度は、先輩の気持ちよさそうな顔が、たっぷり見える体位《たいい》がいいな」

冬吾《とうご》の肩に、甘えるように顔を埋《う》めながら、順平《じゅんぺい》は、声をひそめて付け加えた。

「でも、先輩がいく瞬間《しゅんかん》に、告白を聞けたのは、嬉《うれ》しい誤算《ごさん》だった」

順平《じゅんぺい》が、あまりに幸せそうな声でそうささやくせいで、冬吾《とうご》は自分が本気で愛されているんじゃないかと、誤解《ごかい》しそうになる。けれども……。

（こいつにとっては、これはただのじゃれ合いで、下手《へた》に本気になったら、からかわれるだけだ）

冬吾《とうご》はそう自分に云い聞かせ、順平《じゅんぺい》の下から抜け出ようとした。

「おまえ、そろそろ帰れ。明日は平日だし、もう寝ないと」

「いやだ。まだ帰らない」

順平《じゅんぺい》は、冬吾《とうご》を離すまいとして、駄々《だだ》っ子のように抱きついてくる。

「こら、離せ。あとは自分でやればいいだろ」

これもしつけだと心を鬼にしながら、冬吾《とうご》は順平《じゅんぺい》を押しのける。

もちろん、それは建《た》て前《まえ》であって、実のところは、これ以上恥《は》ずかしい行為《こうい》を重ねる前に、さっさと逃げ出したかっただけだが。

「おまえも、これだけ元気なら、俺でいろいろ試さなくても、もう大丈夫だろう？」

「いやだ。もっと、あなたと試したい」

順平《じゅんぺい》は云《い》うと、冬吾《とうご》の両膝《りょうひざ》をつかみあげ、大きく押し開いた。

「あ、なにをする？」

いつのまにか下着は剝《は》ぎ取られて、ベッドの端《はし》に投げられている。

同様に、順平《じゅんぺい》も、前のはだけたシャツの下には、なにもつけていなかった。

「こうすれば、あなたの顔も見られるし、一緒に気持ちよくなれる」

順平《じゅんぺい》はささやいて、冬吾《とうご》の両足をかかえあげながら、身体を重ねてくる。

「ひぁっ」

勢いよく猛《たけ》った順平《じゅんぺい》の欲望《よくぼう》をすり寄せられて、冬吾《とうご》のものも、また浅ましく興奮《こうふん》してしまう。

「何度も云うけど、先輩って、ほんと絶倫《ぜつりん》だよね」

「そんなはずは……」

一人でするのも、週に二回程度だし、一日の回数も一度で充分《じゅうぶん》だ。

(柔道部のほかの連中は、皆、毎日やると云っていたしな)

それなのに、ちょっと順平《じゅんぺい》に挑発《ちょうはつ》されただけで、際限《さいげん》なく盛《さか》ってしまう。

「エロすぎるおまえが悪い。全部おまえのせいだ」

「違うよ。先輩が可愛いから、いけないんだ」

誰かに聞かれたら、バカップルとからかわれそうな会話だ。

それに気づいて真っ赤になる冬吾《とうご》に、いきなり順平《じゅんぺい》が唇《くちびる》を押し当ててきた。

「んっ、んぁっ」

とろりとからみついてくる舌から逃げながら、冬吾《とうご》は喘《あえ》ぐ。

「やめろ。こんなことしても、おまえの機能回復とは、なんの関係も……」

「だんだん先輩が憎《にく》らしくなってきた」

そう云うと、順平《じゅんぺい》は咬《か》みつくようなキスで、冬吾《とうご》を責める。

「お願いだから、俺があなたの熱愛中の恋人だと思って、……感じて」

「無理だ」

首を横に振り続けるけれども、云われるまでもなく、すでに身体は勝手に、順平《じゅんぺい》のことを恋人だと認識してしまっている。

でなければ、先刻《せんこく》出したばかりなのに、また先端《せんたん》から、蜜《みつ》をしたたらせている理由がわからない。

「あっ、だめだ」

股間《こかん》をうしろから前にこすり上げられながら、抗《あらが》う声が、恥《は》ずかしいほどに甘ったるい。

「先輩……好き」

冬吾《とうご》の胸の突起《とっき》を舐《な》め上げながら、順平《じゅんぺい》がささやく。

その瞬間《しゅんかん》、ずくんと胸の奥が甘く疼《うず》いて、冬吾《とうご》は夢中で、両足を順平《じゅんぺい》の腰にからませた。

「あっ、あぁっ」

重なった欲望《よくぼう》が熱く脈動《みゃくどう》するたびに、順平《じゅんぺい》への愛しさが募《つの》って、冬吾《とうご》は自分が怖くなる。

（身体だけじゃない。俺の心もとっくに……）

きっと順平《じゅんぺい》のことを、熱愛中の恋人として受け入れている。

そう思った刹那《せつな》、下腹が熱く濡《ぬ》れて、目の前がバージンスノウに覆《おお》われた雪原《せつげん》のように真っ白になった。

（今は真夏なのに……）

そんなことを考えながら、冬吾《とうご》は順平《じゅんぺい》にしがみつく。

今度は一人で溺《おぼ》れないように。

「冬吾《とうご》さん」

耳元を、順平《じゅんぺい》の甘い吐息《といき》が濡らす。同時に、すでに自分自身のものでぐっしょりと湿《しめ》っている場所に、順平《じゅんぺい》の欲望があふれるのを冬吾《とうご》は感じていた。

熟年《じゆくねん》カップルでもなかなかしそうにない破廉恥《はれんち》なプレイを、同性の、それもよその部の後輩《こうはい》と、つきあってさえいないのにやらかしてしまってから、約一週間が経《た》った土曜日の夕刻《ゆうこく》……。

冬吾《とうご》は、武道館《ぶどうかん》から寮へ続くレンガ道を、道着《どうぎ》に下駄《げた》という、いかにもな猛者《もさ》ルックで、一人とぼとぼと歩いていた。

先日受け身に失敗して傷《いた》めた腰がまた少しばかり疼《うず》き出したのを、特別顧問《とくべつこもん》として練習に参加していた綾斗《あやと》に見破《みやぶ》られて、今日は無理をせず先に切り上げて身体を休めるよう、命じられたのである。

(大したことないと云《い》っているのに)

だが、週明けからは夏休みだし、冬吾《とうご》は帰省《きせい》はせずに、日々柔道に明け暮《く》れる予定だ。

(もっと厳しく心身を鍛《きた》え直さねば！)

冬吾《とうご》は、この夏休みのあいだに、邪念《じゃねん》まみれの自分を徹底的《てっていてき》に叩《たた》き直すつもりでいた。

元々綾斗《あやと》の甘そうな身体に惑《まど》わされたりもしていたが、そんなものは可愛らしすぎて、邪念《じゃねん》の内には入らないと豪語《ごうご》できてしまうほど、今の冬吾《とうご》の頭の中は、エロい妄想《もうそう》でいっぱいだった。

未経験《みけいけん》の頭で想像した妄想など、経験済みのリアルな回想《かいそう》に比べれば、おままごとのようなものだ。

敏感な先端《せんたん》をあたたかな舌で絞《し》めつけられる瞬間《しゅんかん》の、体液の沸騰《ふっとう》具合《ぐあい》を思い出しただけで、今にもへなへなとその場に崩《くず》れ落ちてしまいそうになる。

(他人にいかされるのが、あんなに気持ちのいいものだったとは……)

冬吾《とうご》は思わず校舎《こうしゃ》の壁《かべ》に片手をついて、魂《たましい》まで抜け出そうな吐息《といき》を洩《も》らすが。

「いや。いかん、いかん！」

とろりと身体を駆《か》けめぐる快感の記憶を振り払うように、大きく頭を振った。

(俺は、真《ま》っ当《とう》に生きるんだ。そして、いつかはショーヘイのような、いかしたアクションスターになってやる！)

そう心に誓《ちか》って、冬吾《とうご》がこぶしを握《にぎ》りしめたそのとき、ふいに頭上から声をかけられた。

「先輩、部活、もうあがりですか？」

「う……」

かたわらの廊下《ろうか》の窓から、順平《じゅんぺい》が身を乗り出し、冬吾《とうご》を覗《のぞ》きこんでいる。

（なぜ、よりによって、今一番逢《あ》いたくない奴が、ここに？）

「ちょうどいいところで会った。俺も今、練習終わって、寮に戻るところなんですけど」

冬吾《とうご》は聞こえなかったふりをして、そのまま行き過ぎようとする。

だが、素早く窓を乗り越えて冬吾《とうご》の目の前に飛び降りてきた順平《じゅんぺい》に、行く手を塞《ふさ》がれてしまった。

着地の体勢から、ゆらりと身体を起こす順平《じゅんぺい》の姿に、若かりし頃《ころ》の昇平《しょうへい》の面影《おもかげ》を見て、冬吾《とうご》の胸は、ひそかに疼《うず》く。

とはいえ、ドラマの中の昇平《しょうへい》は、冬吾《とうご》と同じ柔道着《じゅうどうぎ》に黒い鼻緒《はなお》の下駄《げた》という出で立《いでた》ちだったのに対して、順平《じゅんぺい》は剣道《けんどう》の胴衣と袴姿《はかますがた》で、手に持っている下駄の鼻緒は白だったが。

「どうして無視するんですか？」

地面に置いた下駄をはきながら、順平《じゅんぺい》は恨《うら》めしげに冬吾《とうご》の仕打ちを責める。

「俺、先輩を怒らせるようなこと、なにかしましたっけ？」

「さぁ」

あいまいに言葉を濁《にご》してうつむく冬吾《とうご》の耳元に、スッと唇《くちびる》を近づけて、順平《じゅんぺい》は云《い》った。

「悦《よろこ》ばせるようなことしか、したおぼえはないけどな」

意味深《いみしん》な台詞《せりふ》のあとに、順平《じゅんぺい》の唇から、くすっと笑いが洩《も》れる。

「……っ」

順平《じゅんぺい》がほのめかしているその行為《こうい》の一部始終《いちぶしじゅう》が、走馬灯《そうまとう》のように頭の中で再生されて、冬吾《とうご》は首まで赤くなった。

顔をそむける冬吾《とうご》を、順平《じゅんぺい》は無理やり覗《のぞ》きこんでくる。

「ね？　思い出した？」

「そこをどけ」

順平《じゅんぺい》の胸を押しのけようとして、冬吾《とうご》は逆に、腰に巻きついてきた腕に抱き寄せられてしまった。

「ばか。場所をわきまえろっ」

冬吾《とうご》は、声をひそめて、順平《じゅんぺい》をたしなめる。

比較的《ひかくてき》人通《ひとどお》りの少ない土曜の午後とはいえ、誰に見られるかわからない。

月明かりの庭で押し倒されるよりも、ある意味危険な状態だ。

さすがに、誰も、二人が偶然立ち話していただけとは、思ってくれないだろう。

同じクラスの友人だとか、部活が一緒とかなら、まだ云《い》い訳《わけ》もできるかもしれないが、それでも充分《じゅうぶん》怪しまれるレベルだ。

学年も違えば、所属部《しょぞくぶ》も違う。

傍《はた》から見れば、なんの接点もない冬吾《とうご》と順平《じゅんぺい》が、放課後の学園でこんなふうに抱き合っていたら、ただならぬ仲と思われても仕方《しかた》がない。

（こ、困る）

たしかに、ただならぬ行為《こうい》はやったが、順平《じゅんぺい》とはつきあってもいなければ、その予定も……多分ない。

所詮《しょせん》は、順平《じゅんぺい》の機能が回復するまでの、一時しのぎの相談役にすぎないのだから。

（好きだのなんだのというあれも、ただの『ごっこ』だよな？）

そう自分に云《い》い聞かせる冬吾《とうご》の耳元に、順平《じゅんぺい》がささやきかけてきた。

「人に見られない場所なら、いいんですか？　……こうやって、あなたを抱きしめても」

すでに、エロモードの低い声音《こわね》だ。

「だめに決まってるだろ」

またしても、ぞくりと身体が疼《うず》くのを隠しながら、冬吾《とうご》は云った。

けれども、順平《じゅんぺい》は、先刻《せんこく》の冬吾《とうご》へのお返しとばかりに、聞こえなかったふりで、さっくりと無視する。

「俺の部屋に来ませんか？」

「あっ」

耳を甘咬《あまが》みされて、冬吾《とうご》はびくりと首をすくめた。

「なぜ、俺がおまえの部屋なんかに」

「お礼……しようと思って」

「礼……？」

首をかしげる冬吾《とうご》に、順平《じゅんぺい》は大きくうなずいてみせる。

「そう。おかげさまで、無事に回復しました」

「え？」

ふいをつかれて、冬吾《とうご》は、また背が伸びている順平《じゅんぺい》を、まじまじと仰《あお》ぎ見た。

「回復って？」

もちろん、思い当たる箇所《かしょ》はひとつしかない。

視線《しせん》を下方《かほう》へすべらせると、順平《じゅんぺい》はそれに応《こた》えるように、袴《はかま》の下腹のあたりを、冬吾《とうご》のおしりに押しつけてきた。

「……っ」

双丘《そうきゅう》の谷間に食いこむ力強い感触に、冬吾《とうご》は息をつめる。

「ば、ばかっ。俺相手に勃《た》っても、意味ないだろうが」

「そうですね。元々先輩にだけは、欲情《よくじょう》しちゃってたし」

「いいから、今すぐ身体を離せ！」

周囲も気になるが、このままでは理性を保《たも》っていられる自信がない。

条件反射とは怖ろしいもので、順平《じゅんぺい》にうしろから抱きしめられ、官能《かんのう》を刺激《しげき》する身体の匂《にお》いを感じてしまっただけで、冬吾《とうご》はすでに欲情しかけていた。

その上に、相手も自分に欲情《よくじょう》しているという証拠《しょうこ》を、感じやすい場所に押しつけられたりしたら……。

下着の奥で、頭をもたげている先端《せんたん》がじわりと濡《ぬ》れるのを感じて、冬吾《とうご》はあわてて順《じゅん》平《ぺい》の腕を振り払った。

「よ、よかったな」

「え?」

振り返らずにつぶやく冬吾《とうご》に、順平《じゅんぺい》は訊《き》き返す。

「無事に回復したのなら、もう俺に泣きつかなくてもすむじゃないか」

「……そうですね」

「礼は気にするな。あっ、ショーヘイのサインは忘れるなよ」

わざと明るい声音《こわね》でそう云《い》い添えると、冬吾《とうご》は、あとも見ずに早足で歩き出した。

順平《じゅんぺい》の視線を、ちりちりと背中に感じる。

(回復したとわざわざ報告するってことは、もうとっくにほかの相手と試してみたんだろうな。一途《いちず》だのなんだのって、やっぱり嘘《うそ》じゃないか)

次第《しだい》に、心が凍《こお》ってゆくのがわかる。奥のほうから、少しずつ。

身体は、まだ熱《あつ》いままなのに。

(意外に早かったな。まぁ、俺があれだけ身体を張って、リハビリに協力してやったんだ

から、当然といえば当然だが）

とにかく、これでもう、順平《じゆんぺい》に恥《は》ずかしい行為《こうい》をせがまれなくてすむ。

肩の荷がおりて、すっきりのはずが、なぜ……。

冬吾《とうご》は片腕を上げて、じわりと目元にあふれる熱い雫《しずく》を、道着《どうぎ》の袖《そで》でごしごしとぬぐった。

「ばかみたいだ、俺」

仕方《しかた》なくつきあってやっていたつもりが、実は、順平《じゆんぺい》を憎からず思うようになっていたなんて。

けれど、すぐに、冬吾《とうご》は首を振る。

（いや。あいつにさんざんエロいことをされて、勘違《かんちが》いしているだけだ。これは恋なんかじゃない）

一度そう思うと、段々《だんだん》それが正解のような気がしてくる。

（そうだ。あんな節操《せつそう》なし野郎《やろう》のことは、もうどうだっていい。もっとエロい奴とつきあえば、あいつなんて、すぐに忘れるはず！）

もう一度涙をぬぐって、顔をあげた冬吾《とうご》は、思わず「うぐっ」と唸《うな》った。

「なぜ、おまえが俺の前にいる」

うしろで冬吾《とうご》を見送っていたはずの順平《じゆんぺい》が、目の前に立ちはだかっている。

「それは、こうやって、こんな感じで」

順平《じゅんぺい》は、指で直線を描いたあとに、今度はそれをくるくると回転させた。

「なんだ、それは。もっとわかるように説明しろ！」

「面倒《めんどう》だな。じゃあ、もう一度やって見せますから」

軽く肩をすくめると、順平《じゅんぺい》は、下駄《げた》ばきのままいきなり地面を蹴《け》る。そして、頭上で猫のように一回転しながら、冬吾《とうご》の背後に着地した。

「おおっ」

思わず冬吾《とうご》は、拍手《はくしゅ》してしまう。

昇平《しょうへい》がドラマの中でそれをやるのを見て、冬吾《とうご》も何度か練習してはいるが、まだマスターできていない技だ。

もちろん、試合には使えないが。

「俺も、受け身でなら回転着地はできるんだがな」

悔《くや》しそうに唸《うな》る冬吾《とうご》に、順平《じゅんぺい》は澄《す》ました顔で云《い》う。

「脚力《きゃくりょく》の差かな」

「悪かったな。主将《しゅしょう》なのに、脚力なくて」

冬吾《とうご》がムッとして顔をそむけるのを見て、順平《じゅんぺい》は相好《そうごう》を崩《くず》した。

「冗談ですよ」

順平《じゅんぺい》は笑いながら、ささやく。

「コツがあるんです。それに、俺は子供の頃から、親父《おやじ》にくっついてアクションの本格的な指導も受けてるし。通ってた綾斗《あやと》さんちの道場でも、アクロバティックな柔軟《じゅうなん》をみっちりやらされてるから」

順平《じゅんぺい》は言葉を切ると、ふいに瞳《ひとみ》を甘く揺らして、冬吾《とうご》を流し見た。

「脚力なら、あなただって、すごいじゃないですか。俺を絞《し》めつけるときの……」

「な、なんの話だ？」

酸欠《さんけつ》の金魚みたいに口をぱくぱくさせる冬吾《とうご》に、順平《じゅんぺい》はささやいた。

「先週、先輩のベッドでシックスナインをしたあとに」

「うわっ。だ、黙れ！」

封印《ふういん》していた恥《は》ずかしい記憶を、ひきずり出されかけて、冬吾《とうご》は怒鳴《どな》る。

「とにかく、ここではだめだ」

「じゃあ、当初の予定どおり、続きは俺の部屋で」

「そんな予定は……」

ない！　と云い切る前に、順平《じゅんぺい》の顔がふいに迫《せま》って、コツンと額《ひたい》がぶつかった。

「逆らうなら、ここであなたの恥ずかしい秘密を、全部しゃべっちゃうかもしれないけど、いいですか？」

ただの脅《おど》しなら冬吾《とうご》も屈《くっ》しないが、順平《じゅんぺい》は本気で実行しそうで怖い。

「わ、わかった。続きは、おまえの部屋で話そうな」

なだめるように冬吾《とうご》は云《い》うと、順平《じゅんぺい》の腕をがしっとつかむ。

そして、自分のほうから、強引《ごういん》かつ積極的に、寮の順平《じゅんぺい》の部屋へひきずっていった。

「で、おまえのそれ、回復したってのは、本当なのか？」

順平《じゅんぺい》の部屋のリビングに座りこむなり、冬吾《とうご》は白々《しらじら》しく話を振った。

「あれ？　シックスナインのあとの、先輩の可愛らしい乱れ具合を話すんじゃなかったんですか？」

キッチンでなにやらごそごそしながら、順平《じゅんぺい》がからかうように云う。

「なんの話だ？　そんなことはどうでもいいから、おまえの話をだな」

必死に、話をそらそうとするが、順平《じゅんぺい》は容赦《ようしゃ》なく続ける。

「俺にいかされて、気持ちよすぎて失神《しっしん》した先輩を、俺がひっぱたいて叩《たた》き起こしたあとの話ですよ」

「知るかっ」

冬吾《とうご》は両手で耳を押さえた。

順平《じゅんぺい》はあきらめたのか、黙ってキッチンで料理を始める。

「なにをしてるんだ？」

気になって、耳から手を離して立ち上がる冬吾《とうご》を、順平《じゅんぺい》はフライパンに油を注ぎ入れながら、肩越《かたご》しに振り返って云った。

「おなかすいてるでしょ？　軽く晩飯《ばんめし》作りますから、手を洗ってきてください」

「あ、あぁ」

おとなしくうなずくと、冬吾《とうご》は、フォレストグリーンで統一《とういつ》された順平《じゅんぺい》の部屋の洗面所で、手と顔を洗って戻ってくる。

「できましたよ」

キッチンカウンターに、大盛りの焼きそばの皿がドンと置かれるのを見て、冬吾《とうご》はごくりと生唾《なまつば》をのんだ。

「そこに座ってください。はい、箸《はし》……」

「お、おうっ」

箸を受け取って、カウンター用の丸椅子《まるいす》に腰かける冬吾《とうご》に、順平《じゅんぺい》が訊《き》いた。

「好き嫌いは？」

「ない」

冬吾《とうご》は即答《そくとう》する。

「だと思ってました」

順平《じゅんぺい》は笑うと、自分の皿を持って、冬吾《とうご》の隣《となり》に座った。

「どうぞ」

「いただきます！」

両手を合わせて食前の挨拶《あいさつ》をすると、冬吾《とうご》はソースが香ばしくからまった肉を、嬉《うれ》しそうに口に入れる。

そんな冬吾《とうご》を、順平《じゅんぺい》は薄く瞳《ひとみ》を細めて、覗《のぞ》きこんだ。

「おいしいですか？」

順平《じゅんぺい》に問われて、冬吾《とうご》は、大きくうなずく。

「あぁ、うまい。おまえ、いい嫁になれるぞ」

「そうですか？」

順平《じゅんぺい》は口元で笑うと、隣で豪快《ごうかい》に皿を空にしつつある冬吾《とうご》にならうように、自分も無《む》言《ごん》で食べ始めた。

「ごちそうさん！」

綺麗《きれい》に空になった平皿《ひらざら》に箸を置いて、冬吾《とうご》が満足げな吐息《といき》を洩《も》らす。

「足りましたか？」

「まだ若干《じゃっかん》余裕はあるが、最近は食欲《しょくよく》がないから、これで充分《じゅうぶん》だ」

「それはよかった」

2〜3人前の焼きそばが消えた大皿を横目で見て、順平《じゅんぺい》が苦笑《くしょう》を浮かべた。

「腹が減っては、セックスもできませんからね」

「え？」

順平《じゅんぺい》の思わせぶりな台詞《せりふ》に、冬吾《とうご》は顔をこわばらせる。

「冬吾《とうご》さんは、食欲も性欲も並外《なみはず》れだから」

そう云《い》って、ごちそうさまと箸《はし》を置く順平《じゅんぺい》に、冬吾《とうご》は横から異議《いぎ》を唱《とな》えた。

「ちょっと待て！　聞き捨てならんな」

「自覚《じかく》がないんだから。困った人だな。まぁ、そんなところも可愛いですけど」

順平《じゅんぺい》は笑うと、呆然《ぼうぜん》としている冬吾《とうご》の皿と自分のそれを重ねて、シンクへ運んでいく。

「お茶は、ほうじ茶でいいですか？」

「え？　あぁ」

反論しようにも、藪《やぶ》から余計なものをつつき出しそうで、冬吾《とうご》は用心しながら、うなずいた。

「で、さっきの話の続きですが」

魚の名前がびっしり記されたスシ屋風の茶碗《ちゃわん》を冬吾《とうご》の前に置きながら、順平《じゅんぺい》が切り出す。

（どっちの話だ？）

身構《みがま》えながら、冬吾《とうご》が顔をあげると、順平《じゅんぺい》は、ふいに視線をそらした。

「俺に泣いてすがる先輩のエロい声を思い出すだけで、身体が熱くなってしまう俺って、ビョーキですか？」

ほうじ茶をふうふうしながら、口に含みかけていた冬吾《とうご》は、あやうくそれを勢いよく噴《ふ》き出しそうになった。

「俺に訊《き》くな！」

道着の袖で濡《ぬ》れた口元を拭《ぬぐ》いながら、冬吾《とうご》は怒鳴《どな》る。

「先輩は？」

「お、俺は……」

順平《じゅんぺい》に顔を覗《のぞ》きこまれ、冬吾《とうご》は、ごくりと喉《のど》を嚥下《えんげ》させた。

「俺は、常識の許す範囲内《はんいない》だ」

うろたえて、わけのわからない返答をすると、冬吾《とうご》はいきなり順平《じゅんぺい》の襟首《えりくび》を片手でつかみあげる。

「おまえの下半身、もうまともになったんだろう？」

「はい。多分」

「だったら、俺なんかに欲情《よくじょう》してないで、嵐ヶ丘の彼女と仲直りエッチでもなんでもしてこいよ」

そう口にした直後に、冬吾《とうご》はハッとして、順平《じゅんぺい》の襟《えり》から力なく手を離した。

「もしかして、とっくにやったあとか。……だろうな。でなきゃ、回復したかなんて、わからないもんな」

またしても、ドンと気持ちが沈《しず》んでしまう。

前途《ぜんと》ある後輩のためには、心から喜んでやらねばならないところなのに。

思わず無言《むごん》になる冬吾《とうご》に、順平《じゅんぺい》が、トンと肩を寄せて云った。

「してませんよ。実は、自分でやっても勃《た》つようになったたってだけで。……ほかの誰かで試したわけじゃないですよ」

「なんだって？」

「それに、一人でやれたといっても、あなたのことを考えながらだったので、ちょっとズルかも」

順平《じゅんぺい》は白状すると、冬吾《とうご》の肩に顔を埋《うず》めた。

「でも、これまでは、一人でもだめだったわけだし、大した進歩だと思いませんか？」

「それはまぁ、そうだな」

肩に触れている順平《じゅんぺい》のぬくもりがなぜかひどく愛しく思えて、冬吾《とうご》は困惑《こんわく》しながら、うなずいた。

「冬吾《とうご》さんは、一人でやるとき、誰のことを考えてるんですか？」

突然《とつぜん》訊《き》かれて、冬吾《とうご》はびくりと身をすくめる。

「やっぱり、綾斗《あやと》さん？」

「あ、そ、そうだな」

とっさに肯定《こうてい》してしまうが、最近はいつも、順平《じゅんぺい》との恥《は》ずかしい行為《こうい》を思い出しながらしてしまっていることに、あらためて気づいた。

「なんだ……。絶対俺のこと、考えてくれてると思ってたのに」

すねたように、順平《じゅんぺい》が吐息《といき》を洩《も》らす。

「剣道と一緒で、俺は綾斗《あやと》さんには、一生勝てないのかなぁ」

「そんなこともないんじゃないか」

嘘《うそ》をついている罪悪感もあり、冬吾《とうご》は順平《じゅんぺい》をなぐさめる。

綾斗《あやと》のことは今でも好きだが、一人でするときに思い浮かべるのは、必ず順平《じゅんぺい》のほうだ。

性的な意味で惹《ひ》かれているだけだと云《い》い訳《わけ》してはみても、自分の心が、この手のかかる後輩に完全に傾《かたむ》いてしまっていることを、冬吾《とうご》はもはや否定できなかった。

（どうしよう。順平《じゅんぺい》が可愛くてたまらない……）

今すぐ抱きしめて、自分の本心を、すべて打ち明けてしまいたい。

そして、悪戯《いたずら》好きなその唇《くちびる》に自分からキスをして、舌をからめながら、形のいい股間《こかん》の猛獣《もうじゅう》を、優しく握《にぎ》りしめてやりたい。

「冬吾《とうご》さん？」

順平《じゅんぺい》の声も熱を帯《お》びているのがわかる。

それに、先刻《せんこく》から順平《じゅんぺい》が、何度も名前を呼んでくれていることに気づき、冬吾《とうご》の胸は、苦しいほどに甘く疼《うず》いた。

「……順平《じゅんぺい》」

「なんですか？　冬吾《とうご》さん」

（おまえのことが好きだ）

そう告白したくて、たまらない。

絶頂《ぜっちょう》の酩酊《めいてい》に溺《おぼ》れながらではなく、冷静な今ここで……。

（こんな気持ちになっている時点で、俺はもう冷静ではないのかもしれないが）

かたわらで、冬吾《とうご》の告白を待っている順平《じゅんぺい》の瞳《ひとみ》も、身体を重ねているときと同じように潤《うる》んでいる。

「あっ」

甘い情欲《じょうよく》が、身体の中で波打って、冬吾《とうご》は言葉を途切《とぎ》れさせた。

その瞬間《しゅんかん》、冬吾《とうご》は急に怖くなる。

順平《じゅんぺい》に告白して、二人の関係を進展させてしまったら、底の見えない深みにひきずりこまれそうで……。

気がつくと冬吾《とうご》は、逃げるように、ほかの言葉を口にしていた。

「おまえ、姫宮《ひめみや》のことはもういいのか？」

「それは、どういう意味ですか？」

目に見えて落胆《らくたん》した様子で、順平《じゅんぺい》は不機嫌《ふきげん》に訊《き》き返す。

「いや。回復したわけだし、おまえ、姫宮《ひめみや》でも抜けるのかなと」

「できるわけないでしょう。綾斗《あやと》さんが原因で使いものにならなくなったのに」

「そうだったな。すまん」

顔をそむける冬吾《とうご》の頬《ほお》に手を添えて、強引《ごういん》に自分のほうを向かせながら、順平《じゅんぺい》が告げた。

「誤解《ごかい》のないように云《い》っておきますが、もし綾斗《あやと》さんで反応したとしても、俺はあなた以外の誰かで、いくつもりはありませんよ」

順平《じゅんぺい》の告白を聞いて、胸が熱くなるが、冬吾《とうご》の頭の中には、形を次々に変える灰色の雲のような不安が渦巻《うずま》いている。

「好きにすればいい。一人でやる分には、おまえの勝手だ」

突き放すように冬吾《とうご》は云う。

その瞬間《しゅんかん》、順平《じゅんぺい》の瞳《ひとみ》が危険な色彩《しきさい》を宿《やど》してまたたくのを、冬吾《とうご》は見た。

それに反して、声はいつもより穏やかなのが気になる。

「先輩には、言葉では云いあらわせないほど感謝してますよ。綾斗《あやと》さんをめぐるライバルだった俺のわがままにも、快《こころよ》くつき合ってくれて」

「いや、快くは……」

冬吾《とうご》はとっさに否定するが、順平《じゅんぺい》は訂正するほどのことでもないというように、そのまま先を続けた。

「俺がここまで回復できたのも、ひとえに先輩のおかげだと思ってますよ。だから、今日はお礼を」

「礼？　あれって、口から出まかせじゃなかったのか」

先刻《せんこく》も、お礼をすると順平《じゅんぺい》が云《い》っていたのを思い出して、冬吾《とうご》は首をかしげた。

「俺って、そんなにいい加減《かげん》な嘘《うそ》つきのイメージなんですか？」

恨《うら》めしげに順平《じゅんぺい》がにらむ。

「すまん」

謝る冬吾《とうご》を、なおも責めるように順平《じゅんぺい》はつぶやいた。

「自分のほうが、ずっと嘘つきなくせに」

それには冬吾《とうご》も、くってかかる。

「俺のどこが、嘘つきなんだ？」

「自分の胸に手を当てて、訊《き》いてみればいいんじゃないですか？」

順平《じゅんぺい》は云《い》うと、両手で覆《おお》うように握《にぎ》ったほうじ茶を、澄《す》ました顔であおって、立ち上がった。

「さてと。早速《さっそく》お礼を……」

「いや、お礼は気持ちだけで」

なんとなく不穏《ふおん》な空気を感じて、辞退《じたい》すべく、順平《じゅんぺい》に続けて椅子《いす》から立ち上がった冬《とう》吾《ご》だったが。

「はい、どうぞ」

ずしっと手渡された金色に輝く箱のパッケージを見て、思わず息をのむ。

「嘘、なんだ、これは？」

「山下昇平《やましたしょうへい》デビュー二十周年記念のスペシャルコンプリートＤＶＤボックス」

「それは、見ればわかる」

三年ほど前に出たものだが、完全限定予約生産で、当時中学生だった冬吾《とうご》には、まったく手も足も届かなかった高嶺《たかね》のＤＶＤボックスだ。

もちろん、今ではさらにプレミアがついて、ネットオークション等で倍以上の値がついている。

「家に、贈呈用《ぞうていよう》のが残ってたんで。先輩なら、喜んでくれるかなと思ったんだけど……。どうして眉間《みけん》に皺《しわ》なんか寄せてるんですか？」

「き、緊張《きんちょう》して」

冬吾《とうご》は、大きく深呼吸《しんこきゅう》すると、もう一度パッケージを見つめた。

「これ、本当に俺がもらってもいいのか？」

「ええ。親父にも、ちゃんと許可もらってますから。昇平《しょうへい》を神と崇《あが》めている先輩がいると教えたら、すごく喜んでましたよ」

「は、話したのか？　俺のこと」

どきどきしながら、冬吾《とうご》は訊《き》き返す。

「話しましたよ。素敵《すてき》な先輩で、ものすごくお世話になってるって。でも、ちょっとのろけすぎたかな」

くすっと笑う順平《じゅんぺい》を見て、冬吾《とうご》は、びくりと顔を上げた。

「ちょっと待て。のろけるって、いったいなにを云《い》ったんだ？」

「まぁ、いろいろ」

「いろいろって、なんだぁっ？」

思わず声が裏返《うらがえ》る冬吾《とうご》の肩を、順平《じゅんぺい》はポンポンと叩《たた》く。

「いくとき、先輩がどんなに可愛い声をあげるかとか……」

「ひっ、あっ」

人生終わったとばかりに、その場にがくりと膝《ひざ》をつく冬吾《とうご》の前に、しゃがみこんで、順平《じゅんぺい》は微笑《ほほえ》む。

「乳首《ちくび》が一番感じるとか、そういうのは云ってませんから、ご心配なく」

「くっ。よくも……。寿命《じゅみょう》が一週間は縮《ちぢ》んだぜ」

「じゃあ、あとで三ヶ月分くらい、延ばしてあげますよ」

意味不明《いみふめい》なことを云うと、順平《じゅんぺい》は立ち上がる。

「そうそう。サインは、海外ロケから戻ったら、すぐに送ってくれると云ってました」

「いや、わざわざ送ってもらわなくても、なにかのついでのときにでも」

恐縮《きょうしゅく》する冬吾《とうご》に、順平《じゅんぺい》は大きく伸《の》びをしながら云った。

「気にしなくていいですよ。元々ファンサービスはきらいじゃないみたいだし、先輩は、俺の恩人《おんじん》だしさ」

「恩人とか云うな。俺は別になにも……」

サインの代償《だいしょう》が、順平《じゅんぺい》を口でいかせて、たっぷりと顔射《がんしゃ》されたことだったのを、うっかり思い出して、冬吾《とうご》はうつむく。

（このＤＶＤも……）

順平《じゅんぺい》との破廉恥《はれんち》な行為《こうい》と引き換えに得たことになるのかと思うと、なんだか情けなくなってくる。

そんな冬吾《とうご》の気持ちを察《さっ》したのか、順平《じゅんぺい》は、冬吾《とうご》の上腕をつかんでひっぱり上げながら云った。

「これは、先輩が優しくしてくれたことへのお礼であって、エロい行為への代金じゃないんで、勘違《かんちが》いしないでくださいね」

「しかし」

「云っちゃなんだけど、先輩のサービス程度じゃ、中のＤＶＤのプラスチックケースひとつ買えませんよ」

なぐさめたつもりだろうが、順平《じゅんぺい》は逆に冬吾《とうご》の怒りを買う。

「おまえが俺のことをどう思っているか、今はっきりわかった」

なけなしのプライドを傷つけられて、冬吾《とうご》は唇《くちびる》を咬《か》んだ。

「どうわかったんですか？」

問いただす順平《じゅんぺい》を、冬吾《とうご》はにらむ。

「おまえ、俺をばかにしてるだろう」

「とんでもない。尊敬してますよ、心から」

ためらう様子もなく即座《そくざ》に答えるせいで、冬吾《とうご》には順平《じゅんぺい》が余計うさんくさく思える。

「嘘《うそ》をつけ」

すぐさま否定してやると、順平《じゅんぺい》は心外《しんがい》そうに小首をかしげた。

「嘘じゃないですよ。いつも云《い》ってるでしょう。俺はあなたよりずっと正直だって。それに、先輩の愛撫《あいぶ》、慣《な》れてない感じが、すごく萌《も》えるんだけど」

「な、なんだよ、その萌えるってのはっ。俺は美少女フィギュアか！」

怒鳴《どな》る冬吾《とうご》の手から、順平《じゅんぺい》は、いきなりＤＶＤボックスを奪い取ると、それをカウンターに置いて、振り返った。

「先輩を、なにかと引き換えに、一日好きにできるのなら、メイドさんになってもらいたいな。もちろん、性的なご奉仕《ほうし》とかしてもらったりして」

「なに、ばかなこと云ってるんだ？　俺は、仁義《じんぎ》でしか、動かないぞ。自分の心が許したことしか……」

途中《とちゅう》で、冬吾《とうご》は、自分が墓穴《ぼけつ》を掘ったことに気づく。

「つまり、俺にいろいろしてくれたのは、昇平《しょうへい》のサインのためじゃなく、先輩がそうしたいと思ってくれたからってことですよね？」

カウンターに凭《もた》れて、両腕を胸元で組みながら、勝ち誇《ほこ》った顔で確認する順平《じゅんぺい》を、冬《と》吾《ご》は忌々《いまいま》しげに見据《みす》えた。

「ね？」

反論できずに、冬吾《とうご》は、顔をそむける。

「疲れた。部屋に帰って寝る」

「待ってください」

背中を向けると、順平《じゅんぺい》がうしろから抱きついてきた。

「これからが本番なんだから」

冬吾《とうご》の首を、柔らかな癖《くせ》っ毛《け》でくすぐりながら、順平《じゅんぺい》はささやく。

「本番？　なんだ、それは？　うまいのか？」

イライラと訊《き》き返す冬吾《とうご》に、順平《じゅんぺい》は、自信ありげにうなずいた。

「えぇ。極上《ごくじょう》ですよ。実は、そっちのお礼がメインで、ＤＶＤボックスは、おまけだったりして」

「なんだって？」

云十万《うんじゅうまん》もする昇平《しょうへい》のプレミアムボックスがおまけだと云《い》い放《はな》つ順平《じゅんぺい》を、冬吾《とうご》は呆《あき》れたように窺《うかが》い見た。

「ますます怪《あや》しい」

「そんなことないですって。ほら、先輩、こっちへ来て」

順平《じゅんぺい》は冬吾《とうご》の手をつかむと、ソファーのほうへひっぱっていった。

「ちょっと待ってくださいね。すぐに準備しますから」

順平《じゅんぺい》は云うと、ソファーの背凭《せもた》れを倒し、ベッド状にする。

「これでよしと。先輩、ここにうつぶせに寝てくれますか？」

「なにを始める気だ？」

「マッサージですよ」

顔の位置に枕《まくら》を置くと、それをポンポンと叩《たた》いて、順平《じゅんぺい》は冬吾《とうご》をうながした。

「先輩が腰をやっちゃったと、綾斗《あやと》さんに聞いたから」

「姫宮《ひめみや》め、余計なことを。ていうか、おまえ、マッサージなんて、できるのか？」

疑わしげに訊《き》く冬吾《とうご》に、順平《じゅんぺい》はまかせておけと、親指を立ててみせる。

「これでも、俺、整体セラピストの資格もってるんですよ」

「マジかよ？」

「はい。中等部のときに、スクールに通ってて」

渋々《しぶしぶ》ながらソファーベッドにうつぶせになる冬吾《とうご》の、肩から背中にてのひらを撫《な》でおろしながら、順平《じゅんぺい》はうなずいた。

「将来的には、柔道整復師《じゅうどうせいふくし》の国家資格《こっかしかく》とかもとって、メディカルトレーナーになるのもありかなと」

抱負《ほうふ》を語る順平《じゅんぺい》に、冬吾《とうご》は思わず横槍《よこやり》を入れた。

「いや。おまえはアクションスターになるべきだ」

「俺が？」

冬吾《とうご》の身体を上からほぐしていきながら、順平《じゅんぺい》は首をかしげる。

「その可能性は考えてなかったのかよ？　身近《みぢか》に、山下昇平《やましたしょうへい》という売れっ子スターがいるのに」

「そういえば、そうですね。あぁー、俺、親父に洗脳《せんのう》されてたかも」

「洗脳って？」

訊《き》き返す冬吾《とうご》に、順平《じゅんぺい》は説明した。

「うちの親父、仕事柄《しごとがら》身体のあちこちの筋肉が、凝《こ》ったり攣《つ》ったりするから、身内の俺を自分の専用トレーナーにする気満々《まんまん》かも」

「おまえを、トレーナーに？」

順平《じゅんぺい》は、納得《なっとく》がいったとばかりに、大きくうなずく。

「なるほど、それで道場のほかに、整体スクールなんて、お稽古《けいこ》代わりには珍しすぎるところへ通わせたんだな」

「そうなのか」

気持ちよさそうに順平《じゅんぺい》に揉《も》まれながら、冬吾《とうご》はつぶやく。

「たしかに、専用トレーナーを持つのは男の夢だからな」

「それは違うと思うけど」

順平《じゅんぺい》は、冬吾《とうご》の腰に手をすべらせながら云《い》った。

「でも、先輩の専用トレーナーなら、なってもいいよ」

「不純な動機じゃなけりゃ、お願いしたいところだ」

冬吾《とうご》は順平《じゅんぺい》の手をつかんで、催促《さいそく》するように、腰のどんより重い部分へとひっぱる。

それに応《こた》えるように、冬吾《とうご》の腰を優しく撫《な》でながら、順平《じゅんぺい》は、苦笑《くしょう》を洩《も》らした。

「それじゃあ、無理だな」

「ちょ、即答《そくとう》かよ。少しは迷ってみせたらどうだ」

うっとりと枕《まくら》にしがみつきながら、冬吾《とうご》がツッコミを入れる。

「それにしても、おまえ、ほんとにうまいな。本気で、気持ちよすぎる」

いい気分になりつつ、冬吾《とうご》が褒《ほ》めると、順平《じゅんぺい》は嬉《うれ》しそうに答えた。

「そう云ってもらえると本望《ほんもう》です。俺が、どれだけあなたに感謝してるか、わかってほしかったから。包容力《ほうようりょく》っていうのかな。先輩って、慈愛《じあい》のかたまりみたいな人ですよね。憧《あこが》れるなぁ」

「それは褒《ほ》めすぎだ」

居心地《いごこち》悪そうに身体をもぞもぞさせる冬吾《とうご》に、順平《じゅんぺい》は、とろけそうな声でなおも続ける。

「そんなことないです。これでも、褒め足りないくらいだ。先輩が俺のを口でしてくれたあのとき、もういろんなとこにキュンときちゃって大変だったんですよ。即《そく》、フォーリンラブみたいな」

「え?」

枕の上で、冬吾《とうご》は、びくりと瞳《ひとみ》を見開いた。

(フォーリンラブってことは……、俺に惚《ほ》れ……?)

冬吾《とうご》の動揺《どうよう》に応えるように、順平《じゅんぺい》は手をとめて、甘くささやく。

「あ、今、俺、告白したんですけど、わかってもらえました?」

けれども……。

「調子のいいことを云うな」

どきどきと騒《さわ》ぎ始める心臓の音を無視しながら、冬吾《とうご》は枕に顔をうずめた。

「信じないぞ、俺は」

「ほんと、照れ屋だね」

順平《じゅんぺい》は苦笑《くしょう》を洩《も》らす。

「自分の気持ちを知られたくなくて、わざと突き放すからな、先輩は。でも、本当は優しくて可愛い人だというのは、まるわかりだよ」

「気のせいだ。それより、おまえ、将来は、トレーナーなんて地味《じみ》な裏方《うらかた》仕事じゃなくて、ホストにでもなったらどうだ？　白々《しらじら》しいリップサービスがいくらでも湧《わ》いて出るし」

「無理です」

冬吾《とうご》は顔を逆向きに変えて、順平《じゅんぺい》を盗み見る。

「なぜだ？」

「だって、俺は、好きな人にしか、ちやほやできないから」

順平《じゅんぺい》は答えると、道着の上から、冬吾《とうご》のおしりをゆるりと撫《な》でまわした。

「あっ」

じわりと波紋《はもん》を描くように、下腹に熱が広がる。

思わず枕《まくら》にしがみつく冬吾《とうご》の耳元に、順平《じゅんぺい》が顔を寄せて、ささやきかけてきた。

「ねぇ、先輩。俺を、あなた専用にしてくれませんか？」

「俺専用？」

「そう。なんだってしますよ。荷物持ちでも、マッサージでも」

順平《じゅんぺい》は声をふいに低くすると、エロい吐息《といき》まじりに付け加えた。

「もちろん、エッチなご奉仕《ほうし》でも」

「そんなものは……」

いらないと続けようとする冬吾《とうご》の口をてのひらでふさいで、順平《じゅんぺい》はひらりとソファーベッドに飛び乗る。

正確にいえば、冬吾《とうご》の上にだ。

背中の上に覆《おお》いかぶさると、順平《じゅんぺい》は、冬吾《とうご》の胸元に、てのひらを忍びこませてきた。

「お試しに、先輩の大好きな乳首《ちくび》のマッサージなんて、いかがですか？」

「やめっ」

冬吾《とうご》は抵抗しようとするが、器用な指先に胸の突起《とっき》をつままれただけで、身体から力が抜け落ちてしまう。

「そうそう。リラックスして。すぐに気持ちよくしてやるから」

ご機嫌《きげん》な声で順平《じゅんぺい》は云《い》うと、両手で道着の上から冬吾《とうご》の胸を揉《も》んだ。

「ひ、あっ」

敏感な胸の突起は、順平《じゅんぺい》の荒々しい愛撫《あいぶ》に反応して、あっというまに硬く尖《とが》る。

「ほんと、先輩、ここ好きだよね」

もう一度道着の中に手を差し入れて、指の腹で冬吾《とうご》の突起《とっき》の尖《とが》り具合をたしかめる。

「俺も、先輩のここ、好きですよ。あぁ、なんだか、もうむらむらしてきた」

吐息《といき》を荒くしながら順平《じゅんぺい》は云《い》うと、手早く冬吾《とうご》の帯をほどいてしまった。

ついでに、冬吾《とうご》の腰から、道着のズボンを下着ごと引き剥《は》がしてしまう。

「ばか。そんなマッサージは必要ない。今すぐ俺の上からどけ」

「どくわけないでしょう？　せっかくいいポジションをキープしてるのに」

順平《じゅんぺい》は笑うと、冬吾《とうご》の谷間に、熱く猛《たけ》った自分の股間《こかん》を、ぐいと押し当ててくる。

「順平《じゅんぺい》っ」

叱《しか》りつけるように名前を呼ぶと、順平《じゅんぺい》はかたわらのガラステーブルに片手を伸ばしながらささやいた。

「大丈夫。もっと気持ちよくしてあげるだけだから」

順平《じゅんぺい》がパチンとマッサージオイルの瓶《びん》の蓋《ふた》を開ける。途端《とたん》、甘ったるい香りが、あたりにゆらりと広がった。

「あ、んっ」

おそらく催淫性《さいいんせい》のあるエッセンシャルオイルが混ざっているのだろう。

その香りをかいだだけで、冬吾《とうご》の身体を、淫蕩《いんとう》な衝動《しょうどう》が支配してゆく。

順平《じゅんぺい》は、従順《じゅうじゅん》になった冬吾《とうご》の股間と双丘《そうきゅう》の谷間に、てのひらであたためたオイルをわざと淫《みだ》らな手つきで塗りこんだ。

「あ、はぁっ」

「どう？　俺が調合したオイル。身体の痛みが消えるでしょう？」

「……っ」

たしかにずっと腰にまとわりついていた重苦しい感覚は消えているが、その代わりに、股間がうずうずと疼《うず》いている。

「どうしたんですか？」

「わかってるんだろう？　俺の云いたいことくらい」

涙目《なみだめ》で振り返ると、順平《じゅんぺい》は意地悪《いじわる》に笑った。

「でも、先輩の口から直接聞きたいな。ね、なにをどうしてほしいの？」

「云えるか！」

冬吾《とうご》が、真っ赤になって枕《まくら》にしがみつくと、順平《じゅんぺい》は、意味深《いみしん》に吐息《といき》を洩《も》らす。

「仕方ないな。じゃあ、あなたのしてほしいことじゃなくて、俺のしたいことを優先しちゃいますね」

順平《じゅんぺい》は澄《す》ました声で云うと、ごそごそと自分の袴《はかま》をずらして、いきり立ったものを、いきなり冬吾《とうご》の谷間にすべりこませた。

「あぁっ」

オイルで濡《ぬ》れたそこを、硬い先端《せんたん》でゆるゆると探られて、冬吾《とうご》は甘い悲鳴《ひめい》を上げる。

「ここも、感じるみたいですね？　先輩、身体中が性感帯《せいかんたい》だからな」

「違う。ほかの奴に触られても、感じたりしない」

上下に行き来する順平《じゅんぺい》の切っ先の感触に、びくびくと腰を震《ふる》わせながら、冬吾《とうご》は首を振る。

「おまえだから……俺は」

「冬吾《とうご》さん」

順平《じゅんぺい》が抱きついてくる。

「あなたが可愛いことを云《い》うせいで、もう我慢《がまん》できない」

そう云うと、順平《じゅんぺい》は、冬吾《とうご》の耳にむしゃぶりついてくる。

「あ、やぁっ」

ぞくんぞくんと身体を突き上げてくる快感に、冬吾《とうご》は身悶《みもだ》えする。

耳は感じすぎるからやめろと云いたいのに、喉《のど》からこぼれ出るのは、甘くねだるような喘《あえ》ぎだけだ。

だが、それはまだ前哨戦《ぜんしょうせん》にすぎなくて。

オイルに濡《ぬ》れた順平《じゅんぺい》の指で、両の乳首《ちくび》をぬるぬるとこねまわされ、冬吾《とうご》は、息をするのももどかしいほど、感じまくってしまう。

「あっ、あっ」

おまけに、谷間を行き来する順平《じゅんぺい》の熱い先端《せんたん》の動きに合わせて、いつのまにか腰が揺れてしまって。

(恥《は》ずかしい……)

そんなふうに自分を翻弄《ほんろう》している順平《じゅんぺい》が、憎くてたまらないのに、愛しくて。

思わず順平《じゅんぺい》を強く抱きしめた途端《とたん》、谷間を這《は》っていた切っ先が、ふいに動きをとめた。

硬い先端が、秘められたつぼみにあてがわれるのに気づき、冬吾《とうご》は、びくりと身をすくめる。

「ごめん、先輩」

切なげなささやきが、冬吾《とうご》の耳を熱く濡《ぬ》らしたかと思うと、身体を内側から押し開かれる衝撃《しょうげき》が冬吾《とうご》を襲《おそ》った。

「あぁっ」

(順平《じゅんぺい》が俺の中に……)

そう思った瞬間《しゅんかん》、身体を開かされる痛みよりも強烈な快感に全身が甘く震《ふる》えて、冬吾《とうご》は、奥まで突き上げてくる順平《じゅんぺい》を夢中で絞《し》めつけながら、欲望《よくぼう》の飛沫《ひまつ》を意識と同時に飛ばしてしまっていた。

SECRET★6

〔俺もおまえにフォーリンラブ★〕

夏休みに入って二日目の夜……。

寮の最上階にある天然《てんねん》温泉の展望風呂《てんぼうぶろ》で、冬吾《とうご》は一人、ゴージャスな大理石《だいりせき》の浴槽《よくそう》に身体を沈め、冷たい窓に頬《ほお》を当てながら、雨にぼやけた夜景《やけい》を見下ろしていた。

夏休みということもあり、ただでさえ人が少ないのに、利用時間の終わる二十三時が近いということもあって、人気の展望風呂もガラ空きだ。

各個室にもバスルーム完備なので、遅い時間には、皆そちらですませてしまうのだろう。シャワーのほかにジェットバスや打たせ湯やサウナのある洗い場には、まだ数人いるようで、暗めのオレンジの灯《あか》りの下に人影が見える。

だが、洗い場とはガラスで仕切られたこの展望スペースには、今は冬吾《とうご》しかいなかった。リラクゼーション効果と夜景を楽しむためか、ブルーのライトだけが、お湯に浮かぶ月のように妖《あや》しく揺らめいている。

「はぁぁぁ」

心地《ここち》よい温泉の中で、手足をゆったりと伸ばしても、口をついて出てくるのは、ため息ばかりだ。

おまけに、うっかりぼんやりしてしまうと、すぐに順平《じゅんぺい》を受け入れた場所が、まだ中になにか咥《くわ》えこんでいるかのように、ひりひりと疼《うず》いた。

(だ、だめだ！　心頭滅却《しんとうめっきゃく》！)

必死に念じるが、恥《は》ずかしい記憶は、まるで淀《よど》みに浮かぶ泡沫《うたかた》のように、消しても消しても次々と脳裏《のうり》に甦《よみがえ》ってくる。

（あの野郎《やろう》……。よくも人に断わりもなく、あんなことを！）

あのあと、熱を出してしまい、週明けの終業式にはとりあえず出席したが、部活は、腰の具合が悪いからと、今日まで休んでしまった。

同じ腰でも、痛んでいる場所は別なのだが。

柔道《じゅうどう》で傷めたほうの腰は、順平《じゅんぺい》のおかげで完治したっぽいので、一応プラマイゼロと云《い》えないこともないが。

そんなふうに一瞬納得《なっとく》しそうになって、冬吾《とうご》はあわてて首を振った。

「冗談《じょうだん》じゃない！」

お礼とかなんとか云っておきながら、逆に人の貞操《ていそう》を奪うとは、なんという悪逆非道《あくぎゃくひどう》。

「許さないからなっ」

お湯の中からザバァッとこぶしを振り上げたそのとき、誰かが展望スペースのドアを開けた。

「あ……」

中を覗《のぞ》きこんだその人物は、振り上げられた冬吾《とうご》のこぶしを見て、ドアノブに手をかけたまま、洗い場のほうにあとずさりする。

「いいから、遠慮《えんりょ》せずに入れ。腕《うで》の運動をしていただけだ」

手を下ろしながら冬吾《とうご》が声をかけると、その生徒、有栖川千早《ありすがわちはや》は、おずおずと中へ入ってきた。

「じ、じゃあ、失礼します」

二年になって同じクラスになった千早《ちはや》とは、冬吾《とうご》はほとんど話をしたことがない。

だが、昨年、高等部一年の三学期という半端《はんぱ》な時期に転校してきた千早《ちはや》は、当時から、結構な有名人だった。

絶世《ぜっせい》の美少女にしか見えない綾斗《あやと》に比べれば、だいぶ普通の男の子っぽくは見えるが、かなりの美少年だ。

けれども、千早《ちはや》が有名なのは、その容姿《ようし》のせいだけではなかった。

この月夜《つきよ》の宮《みや》の帝王である生徒会長の月城輝夜《つきしろかぐや》が、転校早々からなぜか千早《ちはや》にご執心《しゅうしん》で、誰にも手を出させないよう、あからさまににらみをきかせていたからだ。

それまでは、色恋の噂《うわさ》がまったくなかった輝夜《かぐや》だけに、それは学園中が大揺れに揺れた一大事件だった。

月夜の宮タイムズで、昨年度の重大事件のトップを飾ったほどだ。

しかし、そんな帝王の恋人として学園中に公認されても、千早《ちはや》は特に天狗《てんぐ》にも女帝《じょてい》にもならず、極々《ごくごく》普通の、むしろ地味《じみ》めな態度《たいど》で、学園生活を送っていた。

そういうところが好感度が高く、冬吾《とうご》の周囲にも人気があったが、輝夜《かぐや》が常に目を光らせているので、性的な意味で手を出そうという勇者《ゆうしゃ》は、この学園内にはさすがにいないはずだ。

輝夜《かぐや》の幼馴染《おさななじ》みで、かつ、千早《ちはや》とも元々知り合いらしい、麗音《れおん》を除いては。

麗音《れおん》は、輝夜《かぐや》の毒舌砲火《どくぜつほうか》を浴《あ》びるのがわかっていながら、千早《ちはや》にべたべたしているように見える。

（そうか、白鳥《しらとり》は真性《しんせい》のドMか。……でなきゃ、姫宮《ひめみや》とはつきあえないだろうしな）

一人納得する冬吾《とうご》の前を通って、窓際《まどぎわ》に細長く作られた浅めの浴槽《よくそう》の端《はし》に、千早《ちはや》が腰をおろす。

会話もないまま数分すぎて、なんとなく間《ま》が保《たも》てなくなった頃《ころ》、冬吾《とうご》はふと思いついて、千早《ちはや》に声をかけた。

「有栖川《ありすがわ》……」

「な、なに？」

明らかに怯《おび》えている様子の千早《ちはや》を見て、冬吾《とうご》はため息をつく。

「怖がるなよ。誰も、いきなり技をかけたり、投げたりはしないって」

「あ、うん」

うなずくところを見ると、やはり柔道部長ということで怖がられていたようだ。

「ここで会ったのもなにかの縁《えん》、ちょっと相談にのってほしいんだが」

「いいけど……」

冬吾《とうご》が少しだけ距離を詰めると、千早《ちはや》のほうも同様に身体を寄せてくる。

「実は、まだつきあっているわけでもない相手に、成《な》り行《ゆ》きで最後まで奪われた場合なんだが」

「え？」

「あ、おまえなら、わかるかなぁと。いきなり変なことを訊《き》いて、すまん」

顔をこわばらせている千早《ちはや》に、冬吾《とうご》はとりあえず謝罪《しゃざい》した。

「で、どうすればいいと思う？」

「どう答えれば……」

「だから、そういう強引《ごういん》な男とは別れたほうがいいとか、それとも……。いや、だめだ、だめだ。甘い顔を見せたら、つけあがる！」

頭を左右に振る冬吾《とうご》に、千早《ちはや》が訊《き》いた。

「男同士の話？」

「え、あっ」

冬吾《とうご》は、一瞬そこらへんをぼやかし忘れたことを後悔《こうかい》するが、渋々《しぶしぶ》とうなずく。

「まぁ、そうだ」

「で、中津川《なかつがわ》は、その相手のことが好きなのか？」

「い、いや。俺《おれ》の話じゃなくて、親友がだな」

すかさずごまかそうとするが、千早《ちはや》にじぃっと見つめられて、冬吾《とうご》は赤面《せきめん》しながら顔をそむけた。

「し、親友は、迷ってるようだ」

「好きか、嫌いか、訊《き》いてるんだけど」

突然《とつぜん》親しくもない相手からディープな相談をされたわけだから、千早《ちはや》が容赦《ようしゃ》なくても責められない。

「す、好きかな？　どちらかといえば」

「好きなら、つきあえばいいじゃん」

単純明快《たんじゅんめいかい》な返事に、冬吾《とうご》はうろたえる。

「し、しかし」

「好き同士なら、近いうちにつきあうことになるだろうし、つきあったらエッチもしたくなるだろう？　その順番がちょっと違っただけだから、気にしなくていいんじゃないの」

「そんな簡単《かんたん》なもんか？」

納得いかないと首をひねる冬吾《とうご》に、千早《ちはや》は、くすっと笑って云《い》った。

「今が一番甘酸《あまず》っぱいときだね。でも、好きなら、変に意地はらないほうがいいよ」

「有栖川《ありすがわ》？」

「失ったあとで、後悔《こうかい》して泣くのは、自分なんだからさ。中津川《なかつがわ》、がんばって！　守るも攻めるも、男なら潔《いさぎよ》く！」

「あ、あぁ」

肩を叩《たた》かれて、思わず冬吾《とうご》はうなずいてしまうが、すぐに気づいて否定した。

「俺じゃなく、親友の話だからなっ」

「はいはい。じゃあ、親友さんにそう伝えて」

そんな親友などいないのはわかっているとばかりに、千早《ちはや》はもう一度パシパシと冬吾《とうご》の肩を、激励《げきれい》するように叩く。

（こいつ、なかなか、あなどれん）

「あとでメルアドを教えてくれ」

またなにかあったら、相談にのってもらおうと、冬吾《とうご》が身を乗り出したそのタイミングで、またしても展望スペースのガラスドアが開いた。

「おい、終了時間だぞ」

顔を覗《のぞ》かせたのは、サウナ用の黄色いバスタオルを腰に巻いた生徒会長様だった。

「輝夜《かぐや》！」

とっさに冬吾《とうご》の肩を押しのけて、千早《ちはや》は立ち上がる。

「中津川《なかつがわ》、じゃあ、またな」

「あ、メルアドは？」

追いかけるように片手を伸ばす冬吾《とうご》を、輝夜《かぐや》がにらみつけた。

「中津川《なかつがわ》、おまえもさっさと出ろ」

「あぁ、すまん」

身体は先に洗っていたので、冬吾《とうご》は洗い場で軽くシャワーを浴びて、脱衣所《だついじょ》に出る。

すると、その背後で、スライド式のすりガラスのドアが勢いよく閉ざされてしまった。

その上、内側から鍵《かぎ》のかかる音までする。

「あ、あれ？　月城《つきしろ》と有栖川《ありすがわ》は？　まだ中だよな？」

「夏休みのあいだ、会長が片付けを頼まれてるらしいよ」

脱衣所に残っていたほかの生徒に訊《き》くと、そういう返事が戻ってくる。

なんとなくうさんくさい気がしたが、すぐにまた順平《じゅんぺい》との情事の記憶が、頭の中を埋《う》め尽《つ》くして、吐息《といき》をついた。

『好きなら、つきあえばいいじゃん』

そんな千早《ちはや》の言葉が、天の声のように、頭に響《ひび》き渡る。

けれども……。

(どうやって？　俺のほうから、頼むのか？)

エッチが気持ちよかったからですか？　と順平《じゅんぺい》に笑われるに決まってる。

違うと答えても、疑われるに違いない。

（だから、先にあんなことしちゃいけなかったんだ）

とはいっても、最初に組み敷いてしまったのは自分のほうだし、それで反応してしまった順平《じゅんぺい》だけを一概《いちがい》に責めるわけにはいかない。

（俺も感じてしまったしな）

きっと千早《ちはや》なら、『エッチが気持ちよかったから』と潔く答えるのだろう。

それでも、相手のことが好きだという気持ちが疑われるわけじゃない。

（よし！　俺も覚悟《かくご》を決めてあいつに告白を……。いや、やっぱり無理だ）

「あぁ、俺にも有栖川《ありすがわ》ほどの潔《いさぎよ》さがあれば」

千早《ちはや》こそが真の漢《おとこ》だ、神だと、冬吾《とうご》は心の中で崇《あが》める。

「神よ！　どうか俺を真の漢《おとこ》にしてください」

腰にバスローブを巻いただけの姿で、冬吾《とうご》は展望風呂のドアに向って、恭《うやうや》しくひざまずいていた。

「くしゅん！」

「どうした？　風邪《かぜ》でもひいたか？」

いきなりくしゃみをする千早《ちはや》を、肩を抱き寄せながら輝夜《かぐや》が覗《のぞ》きこむ。

「いや。誰か、噂《うわさ》でもしてるのかな」

施錠《せじょう》して、ほかに誰もいなくなった奥の展望風呂に二人で浸《つ》かり直しながら、千早《ちはや》は、輝夜《かぐや》を見上げた。

するとすぐに輝夜《かぐや》の形のいい唇《くちびる》がおりてきた。

唇を触れ合わせるのもそこそこに、すぐに舌がからみついてくる。

「ん、だめっ」

「なにがだめなんだ？」

千早《ちはや》の手に胸を押しのけられて、輝夜《かぐや》が不満そうにささやいた。

「わかってるくせに。だって……したくなるだろう？」

「想定内《そうていない》だ」

少しも動じずに輝夜《かぐや》はうなずく。

「まさか、そのためにほかのみんなを追い出したのか？」

「いや、終了時間だからな」

「じゃあ、俺たちは？」

千早《ちはや》が疑惑《ぎわく》に満ちたまなざしで訊《き》くと、輝夜《かぐや》は澄《す》ました顔のまま云《い》った。

「管理特権《かんりとっけん》だ」

「また職権濫用《しょっけんらんよう》して……」

千早《ちはや》は、クールビューティな俺様生徒会長の顔を、まじまじと見つめる。

「使える権利は、洩《も》れなく使う主義だからな」

「輝夜《かぐや》のは権利じゃなくて、権力じゃん」

「文句あるのか？」

ある……と云いかける千早《ちはや》の唇を、輝夜《かぐや》はもう一度唇《くちびる》でふさいだ。

「んっ、んんっ」

輝夜《かぐや》の胸をこぶしで叩《たた》いて必死に抵抗するが、キスの角度がさらに深くなるだけで。

おまけに、キスで千早《ちはや》の口を封じたまま、輝夜《かぐや》はあぐらをかいた膝《ひざ》の上に千早《ちはや》の腰を抱き上げる。

「んぁっ」

すでに硬くいきり立ったものを、おしりの谷間に突き入れられて、千早《ちはや》は息をのんだ。

「ばかっ。いきなりっ！」

前戯《ぜんぎ》もなしに、入り口を侵《おか》されて、千早《ちはや》は涙目《なみだめ》になる。

「痛くされるのが、好きなくせに」

「なっ。ふざけるな！　そんなこと云うなら、もうやらないからなっ」

「ここまで入っているのに、やめられるわけないだろう？」

グイとさらに奥まで突き上げながら、輝夜《かぐや》は冷ややかに笑う。

「あっ。このケダモノ！　発情期《はつじょうき》！」

「なに？　このじゃじゃ馬め。人のことが云えるのか」

輝夜《かぐや》は千早《ちはや》の耳に咬《か》みつくと、てのひらで、二人のあいだに挟《はさ》まれている千早《ちはや》のものを、ぎゅっと握《にぎ》りしめた。

「ほら、もうこんなにデカくしてるくせに。といっても、おまえのは、最大でも、俺の手の中にすっぽりおさまる程度だがな」

「あ、やっ」

悔《くや》しいのに、千早《ちはや》が感じるやり方をすべて心得《こころえ》ている輝夜《かぐや》の愛撫《あいぶ》に、身も心もとろとろにされてしまう。

「輝夜《かぐや》のばかっ。許さないからな！」

「どう許さないんだ？」

意地悪《いじわる》な美声に耳元で笑われて、またゾクゾクッと感じてしまいながら、千早《ちはや》は涙目で輝夜《かぐや》をにらんだ。

「こうしてやるからっ」

身体の奥をいやらしく突き上げている輝夜《かぐや》のたくましい欲望を、千早《ちはや》は、ぎゅむぎゅむと必死で絞《し》めつける。

すると、輝夜《かぐや》の口元から、甘い吐息《といき》が洩《も》れた。

「なかなかやるじゃないか」

淫《みだ》らに声を掠《かす》れさせると、グイグイと千早《ちはや》の泣き所を攻めながら、輝夜《かぐや》がささやく。

「おまえの本気、見せろよ」

「ひぁんっ」

「そうだ。いいぞ。もっと腰を使え」

「はぁっ、あぁっ」

輝夜《かぐや》に腰をつかまれ、前後左右に揺すられて、千早《ちはや》は感じすぎて、涙をぽろぽろ零《こぼ》してしまう。

「輝夜《かぐや》、もうっ。お願いっ」

「うん？　俺とはやらないんじゃなかったのか？」

「あ、意地悪するなっ」

弾《はじ》けそうな欲望《よくぼう》の根もとを指の輪で、ぎゅっとせきとめられて、千早《ちはや》は輝夜《かぐや》の上腕に爪を立てる。

「じゃあ、俺に痛くされるのが好きですって云《い》えよ」

る。

「それなら、このままだ」

片手の指で根もとを絞《し》めつけながら、もう片方の手で、輝夜《かぐや》は千早《ちはや》の胸の突起《とっき》をひっぱる。

「あ、だめっ。輝夜《かぐや》、大好きだから、優しくしてっ」

「千早《ちはや》？」

輝夜《かぐや》は、快感と焦燥《しょうそう》に震《ふる》えている千早《ちはや》の長い睫毛《まつげ》に、そっと唇《くちびる》を這《は》わせた。

「わかったよ。おまえには勝てないな」

輝夜《かぐや》はささやくと、千早《ちはや》に優しくくちづけながら、淫《みだ》らに腰をまわして、螺旋《らせん》を描くように、深々《ふかぶか》と奥まで突き上げる。

そして、同時に、千早《ちはや》の根もとのいましめを解いた。

「あ、ひぁぁっ」

輝夜《かぐや》の首に両手をからめて、千早《ちはや》が大きくのけぞる。

「あ、あんっ、あぁっ」

「くっ」

ひくひくと身体をふるわせる千早《ちはや》の中に、輝夜《かぐや》も欲望《よくぼう》を放つ。

「やぁぁ、……ぁっ」

「絶対云《い》わない！」

強烈な快感に、一瞬意識を手放しかけるが、輝夜《かぐや》におしりを叩《たた》かれて、千早《ちはや》は瞳《ひとみ》を開く。

「ずいぶんよかったみたいだな」

「おかげ……さまで……」

輝夜《かぐや》の首にしがみついて、荒い吐息《といき》を整えながら、千早《ちはや》は眉根《まゆね》を寄せる。

「憧《あこが》れのセレーネさんが、まさかこんなひどい男だったなんて」

恨《うら》めしげに云う千早《ちはや》の薬指に、かぷりを歯を立てながら、輝夜《かぐや》は云い返した。

「それはお互いさまだ。可愛いアリスが、こんなじゃじゃ馬とはな」

「嫌いだっ」

顔を背《そむ》ける千早《ちはや》の耳に、おいしそうにかぶりつきながら、輝夜《かぐや》は苦笑《くしょう》する。

「愛の告白、ありがたくいただいておく」

公私ともに最強な彼氏をにらみつけて、意地悪《いじわる》なその唇から、千早《ちはや》は強引《ごういん》にキスを奪う。

(ちくしょー。輝夜《かぐや》許さないっ。絶対別れてやる！　でも、別れたくない。どうして、俺、こんな奴、好きになっちゃったんだよー)

そう。冬吾《とうご》が、真の漢《おとこ》と崇《あが》める千早《ちはや》も、実はまったく潔《いさぎよ》くなどなかった。

その頃、順平《じゅんぺい》は、綾斗《あやと》の部屋を訪れていた。

あいにくそこには麗音《れおん》もいて……。順平《じゅんぺい》と向かい合った綾斗《あやと》は、ミルキィグリーンのソファーに座った麗音《れおん》の首に抱きつきながら、その膝《ひざ》の上に横向きに座っていた。

「綾斗《あやと》さん、普通に座ったらどうですか」

さすがに見かねて、順平《じゅんぺい》が忠告する。

だが、綾斗《あやと》の返事は。

「これが普通だけど？」

「ごめん、順平《じゅんぺい》くん。綾斗《あやと》、今、十年分甘えてるところみたいだから、大目《おおめ》に見てやってくれないかな」

困ったふりはしているが内心デレまくりなのがありありと顔に現れている麗音《れおん》に、そう頼まれて、順平《じゅんぺい》は「はぁ……」と仕方《しかた》なくうなずく。

これが冬吾《とうご》に惚《ほ》れる前ならば、今頃は、キレて、麗音《れおん》をぼこぼこにしていたかもしれない。

もちろん、そのあと、綾斗《あやと》にそれ以上の報復《ほうふく》を受けるのは必至《ひっし》だろうけれど。

(冬吾先輩《とうごせんぱい》、俺、あなたのおかげで命拾《いのちびろ》いしました)

にっこり微笑《ほほえ》む冬吾《とうご》の顔を思い浮かべて、ほわぁっと幸せな気持ちになるが……。すぐに、ずしりと肩に二十トントラックでも乗せられた気分に戻る。

(先輩、あんなに怒らなくても……)

たしかに、冬吾《とうご》の色っぽい姿に欲情《よくじょう》して、我慢《がまん》できずに最後までやってしまったのは悪かったと思ってはいるが、冬吾《とうご》も自分のことが好きだと信じていたのに。

(なんだか自信なくなってきたな)

はぁ……とため息をつくと、せっかちな綾斗《あやと》が、せかすように云《い》った。

「なんだよ、相談って。忙しいんだから、さっさと云え」

絶世《ぜっせい》の美少女顔のくせに、綾斗《あやと》の中身は、関東の半分をたばねる猛者《もさ》中《ちゅう》の猛者《もさ》だ。

「あの実は、友人のことなんですが……」

前置きをして、順平《じゅんぺい》は探るような上目遣《うわめづか》いで、綾斗《あやと》を窺《うかが》い見た。

「好きな人に、了解も得ずに、最後まで奪っちゃったみたいで。どうすればいいか、相談にのってもらえますか?」

「なんで僕が、おまえの友人の悩み相談にのらなきゃならないんだよ?」

「そう云うと思ってましたよ」

やはり綾斗《あやと》に相談しようと思ったのは失敗だったと、順平《じゅんぺい》は後悔《こうかい》する。

だが、こんなことを訊《き》ける相手が、ほかに思いつかなかったのだ。

「まぁまぁ、綾斗《あやと》、順平《じゅんぺい》くん困ってるみたいだし、なにか知恵を貸してあげようよ」

麗音《れおん》が、綾斗《あやと》をなだめる。

（俺や先輩のマドンナを奪った憎い相手だけど、白鳥《しらとり》先輩、意外にいい人かも）

麗音《れおん》の優しさに思わずほろっときながら、順平《じゅんぺい》はふたたび深々《ふかぶか》と頭を下げた。

「お願いします！」

「仕方ないな」

渋々《しぶしぶ》と綾斗《あやと》もうなずく。

「で、その友人とやらは、どのくらい相手のことが好きなんだ？」

「このくらい……かな」

順平《じゅんぺい》は、両手を広げてみせる。

「ふぅん。それで、やられた相手は、なんだって？」

「それが……大変な怒りようで」

「なんだ、ふられたってことか」

容赦《ようしゃ》なく云《い》う綾斗《あやと》を、順平《じゅんぺい》は哀《かな》しげに見上げた。

「やっぱり、そういうことでしょうか？　ただ恥《は》ずかしがってるとか、勝手に突っこんだのを怒ってるだけとか、そのへんの可能性は？」

「ない！」

すがるように訊《き》く順平《じゅんぺい》に、綾斗《あやと》は他人事《ひとごと》とばかりに断言する。

そんな綾斗《あやと》をあやすように抱きしめながら、麗音《れおん》が口を挟《はさ》んできた。

「それにしても、ひどい奴だな、きみの友人くん。そんな、だまし討《う》ちみたいに、最後までやるなんて。どれだけキチクなんだ」

「麗音《れおん》が、それを云うんだ？」

聞き捨てならないというように、綾斗《あやと》が麗音《れおん》をにらむ。

「え？　云っちゃだめだった？」

「だめに決まってるだろ？　順平《じゅんぺい》、こいつときたら、恋人のふりをしてくれって僕に迫《せま》って、エッチするふりだけだからとか云って、無理やり最後まで……」

「あ、綾斗《あやと》っ」

麗音《れおん》があわてて綾斗《あやと》の口を、てのひらでふさぐ。

だが、順平《じゅんぺい》に勇気《ゆうき》を与えるには充分《じゅうぶん》だった。

「無理やりやったのに、こんなにラブラブってことは、俺にもまだ希望がありますね」

「俺？」

麗音《れおん》がすかさず訊《き》き返す。

「あ、いえ。友人の話です」

順平《じゅんぺい》は、まじめくさって訂正すると、すくっと立ち上がった。

「お忙しいところ、貴重《きちょう》なご助言、ありがとうございました！」

「あ、あぁ」

怪訝《けげん》なまなざしの綾斗《あやと》と、なにやら理解した様子の麗音《れおん》に背を向けて、そのままリビングから出ようとした順平《じゅんぺい》だったが、ハッとしたように足をとめた。

「そうだ、大事なことを訊《き》くのを忘れてた」

順平《じゅんぺい》はつぶやくと、きびすを返して、綾斗《あやと》たちのいるソファーのほうへ歩いてゆく。

そして、綾斗《あやと》ではなく、麗音《れおん》の耳元に顔を近づけてささやいた。

「あの……内密《ないみつ》にお話が」

「え？」

首をかしげる麗音《れおん》の横から、綾斗《あやと》が身を乗り出してくる。

「なんだ？　麗音《れおん》に話があるなら、僕を通してもらわないと」

「でも、綾斗《あやと》さん、白鳥《しらとり》先輩のマネージャーってわけじゃないんでしょう？」

つい云《い》い返してしまう順平《じゅんぺい》を、綾斗《あやと》は、キッとにらんだ。

「いつからそんな生意気《なまいき》になったんだ！」

「綾斗《あやと》、順平《じゅんぺい》くんだって、思春期《ししゅんき》なんだから。いつまでも綾斗《あやと》の従順《じゅうじゅん》な仔犬《こいぬ》のままではいられないんだよ。成長を喜んであげなくちゃ」

「白鳥《しらとり》先輩っ」

思わず順平《じゅんぺい》は、麗音《れおん》の首に抱きつく。

その瞬間《しゅんかん》、ドアのあたりまで、身体がふっとんでいた。

「いててっ。なにするんですか、綾斗《あやと》さん」

「麗音《れおん》に勝手に触るな！」

綾斗《あやと》はソファーから飛び降りると、床に倒れている順平《じゅんぺい》の目の前に着地する。

「なっ。兄貴と慕《した》うくらいは、いいでしょう？　ねぇ、白鳥《しらとり》先輩」

「僕はいいけど……綾斗《あやと》が」

「そんなこと、許すわけないだろ！　おまえ、結構手が早いし、僕の可愛い麗音《れおん》にも、いつ、なにをするかわからないからなっ」

綾斗《あやと》は厳しい口調《くちょう》で云うと、順平《じゅんぺい》の襟首《えりくび》をつかんで、外のドアに向って廊下《ろうか》をひきずってゆく。

「あ、ちょっと待ってください。俺は白鳥《しらとり》先輩に……」

「おととい来い！」

問答無用《もんどうむよう》で外の廊下に放り出された順平《じゅんぺい》の前で、無情《むじょう》にもドアは閉ざされていた。

「くっ。綾斗《あやと》さん、心狭《こころせま》すぎなんだから」

（せっかく、白鳥《しらとり》先輩に、無理やりやって怒らせたあとに、一気にラブラブモードまで持ちこむ方法を訊《き》こうと思ったのに）

はぁ……と吐息《といき》をついて顔を上げた順平《じゅんぺい》は、目の前に立っている冬吾《とうご》に気づいた。

「あっ」

順平《じゅんぺい》の顔を見るなり、冬吾《とうご》は、逃げようとする。

その腰にタックルをかけて、廊下にうつぶせに押し倒しながら、順平《じゅんぺい》は訊《き》いた。

「今度は、拾ってくれないんですか？　お持ち帰りＯＫなんですけど」

「……」

返す言葉を見つけられずにカメのようにうずくまっている冬吾《とうご》の襟首《えりくび》を、順平《じゅんぺい》は業《ごう》を煮やしてつかみ上げる。

「じゃあ、俺が拾っていきます」

麗音《れおん》と綾斗《あやと》の成り行きを聞いて、無謀《むぼう》なまでに勇気《ゆうき》に満ちあふれた順平《じゅんぺい》は、大胆《だいたん》な行動に出る。

「な、なにをする！」

「お姫様だっこ。一度やってみたかったんです」

いきなりお姫様だっこされて暴れる冬吾《とうご》に、順平《じゅんぺい》はささやくと、自分の部屋に向かって、早足で歩き出した。

「こら。そんなことをすれば、明日には、俺たちはカップル扱いだぞ！」

「望むところだよ、先輩」

「しかし、そうなれば、せっかく機能が回復しても、この学園内では、俺以外とはやれなくなるぞ」

冬吾《とうご》が云《い》うと、順平《じゅんぺい》は、露骨《ろこつ》に不機嫌《ふきげん》な声になった。

「先輩は、俺の話は全然聞いてくれてないんですね？　あなた専用になりたいって云ったじゃないですか」

「だが、おまえはモテるし、俺じゃなくても……」

冬吾《とうご》は、今の二人を誰かに見られたらと、ふいに心配になる。

「いいから、おろせ。おまえが好きな可愛い系の子ならサマになるが、俺とでは、おまえまで笑われる」

「なに云ってるんですか？　俺、先日のこと、先輩に謝って、ちゃんと手順を踏んで交際をお願いしようと思ってたんです。……でも、やっぱりやめた」

「順平《じゅんぺい》？」

（もう、つきあうのはやめるということか？）

冬吾《とうご》は、ずくんと痛む左胸を、思わず指で押さえた。

まるで、ハートのまわりが砂のように崩《くず》れて、零《こぼ》れ落ちてゆく感じだ。

きっと数秒後には、そこにはなにもなくなって、深い空洞《くうどう》になるだろう。

残された心臓は、きっと凍《こお》った薔薇《ばら》のように、一握《ひとにぎ》りで粉々《こなごな》になってしまう。

そのとき、頭の中で『男なら潔《いさぎよ》く！』という千早《ちはや》の声が響いた。

(そうだな。今が、勝負をかける最後のチャンスだ)

もう……逃げない。

「話がある」

順平《じゅんぺい》の首に腕をまわし、肩に顔をうずめながら、冬吾《とうご》はささやいた。

驚いたように、順平《じゅんぺい》は瞳《ひとみ》を見開く。

「いい話なら聞きます」

「将来的には、いい話かどうかはわからない。けど、今の俺にとっては……」

「あなたにとっていい話なら、俺にとっても、きっといい話だ。……着きましたよ」

順平《じゅんぺい》は、片手で冬吾《とうご》をかかえたまま、ポケットから取り出したカードキィで自室のドアを開ける。

そして、もう一度冬吾《とうご》を両腕にかかえ直すと、なにかを決意するように一瞬目を閉じて告げた。

「中に入ったら、覚悟を決めてください」

「わかった」

うなずく冬吾《とうご》を、順平《じゅんぺい》は、まるで花嫁にするように、お姫様だっこで中に運び入れる。

そして、まっすぐに寝室へ進んでいった。

深い森を思わせるフォレストグリーンの天蓋《てんがい》付きベッドに優しく身体を投げ出され、冬《とう》吾《ご》は、上からのしかかってくる順平《じゅんぺい》の顔を、困惑《こんわく》げに見上げた。

「別れ話をするんじゃなかったのか？」

尋ねる冬吾《とうご》に、順平《じゅんぺい》は苦笑《くしょう》を洩《も》らす。

「本当に、人の話を聞いてないんですね。ていうか、俺たち、まだつきあってないし」

「そうだったな」

ホッとしたような不思議な気持ちで、冬吾《とうご》は、身体を重ねてくる順平《じゅんぺい》を抱きしめた。

壁《かべ》の時計の針がコチコチと刻《きざ》む音と、互いの心臓の音だけを聞きながら、ただ見つめ合う。

決め技をかける瞬間《しゅんかん》を待つときのように。

順平《じゅんぺい》の唇《くちびる》が、堪《た》えかねたかのように開こうとした一瞬の隙《すき》を見計《みはか》らって、冬吾《とうご》は、先《せん》制攻撃《せいこうげき》とばかりに告白した。

「順平《じゅんぺい》……。俺は、おまえのことが好きだ。つきあってもいいと思えるくらいに」

「俺も好きですよ。冬吾《とうご》さん、あなたのことが、誰よりも」

泣き出しそうな瞳《ひとみ》で、順平《じゅんぺい》はささやくと、優しく冬吾《とうご》に唇《くちびる》を重ねた。

いつものような、奪い合うキスではなく、慈《いつく》しみ合うかのような穏やかなくちづけ。

熱に乾《かわ》いた唇をそっとすり合わせるだけで、愛しさが募《つの》る。

これまで常に胸を苛《さいな》んでいた、本当に自分は愛されているのかとか、互いにふさわしい相手なのかとか、もっと混沌《こんとん》としたわけのわからない不安や苛立《いらだ》ちが、いつのまにか消えているのに冬吾《とうご》は気づいた。

あとには、自分が順平《じゅんぺい》を好きでたまらないという気持ちだけしか、残ってはいない。

こんなふうに思えるのも、逃げないと決めたせいだろう。

冬吾《とうご》は、心の中で千早《ちはや》に礼を云《い》うと、柔らかな順平《じゅんぺい》の癖毛《くせげ》に指を這《は》わせた。

(有栖川《ありすがわ》、感謝……)

「俺のどこが好きなんだ?」

「全部だよ、先輩」

順平《じゅんぺい》は、切なげにささやく。

「いいのか、俺で?」

「あなたじゃなきゃ、いやだ」

順平《じゅんぺい》は、冬吾《とうご》をきつく抱きしめながら、駄々《だだ》っ子のように云った。

「きっと俺があなただけにしか感じなくなったのも、天の導きだと今なら思える」

「たしかに。三度も俺の前に転がってきたんだから、これは運命かもな」

冬吾《とうご》が笑うのを、順平《じゅんぺい》は濡《ぬ》れた睫毛《まつげ》を揺らして見つめた。

「夢……じゃないですよね？」

「ないな。ほら」

頬《ほお》をつねってやると、順平《じゅんぺい》は涙目《なみだめ》で微笑《ほほえ》んだ。

「仕返し」

「ぁっ」

薄いシャツの布越《ぬのご》しに、乳首《ちくび》をつねられて、冬吾《とうご》は小さく声をあげる。

「あなたが欲しい。抱いていい？」

「行儀《ぎょうぎ》よくやるなら」

「それは自信ない」

順平《じゅんぺい》は苦笑《くしょう》すると、冬吾《とうご》の下腹に手を伸ばして、腰を覆《おお》っている布を優しく引き下ろした。

そして、自分も冬吾《とうご》同様、前のはだけたシャツ一枚になる。

「冬吾《とうご》さん……」

うっとりと名前を呼びながら、順平《じゅんぺい》が裸の胸をすり寄せてくる。

硬く尖《とが》った乳首同士が触れ合って、甘い衝撃《しょうげき》に、冬吾《とうご》は大きく身体をのけ反《そ》らせた。

「気持ちいい？」

何度もいじられたせいで、以前より少し大きくなって、感じやすく、薔薇色《ばらいろ》も濃《こ》くなった気のする乳首《ちくび》を、順平《じゅんぺい》が指でつまみ上げる。

「いいっ。おまえにそうされると、ものすごく気持ちいい」

「素直《すなお》な冬吾《とうご》さんって、たまらなく可愛い」

順平《じゅんぺい》は、熱っぽくささやくと、ふくらんだ胸の突起《とっき》を、ねっとりと舌で舐《な》め上げた。

「あっ、はぁっ」

順平《じゅんぺい》の引き締《し》まった腹部《ふくぶ》に押しつぶされている股間《こかん》のぬくもりが、春の陽射《ひざ》しから、夏のじりじりとした熱さに変わるのには、さほど時間はかからなかった。

「胸をこんなふうにされると、冬吾《とうご》さんのここ、すぐに元気になるね」

「あ、だめだ。おまえが濡《ぬ》れる」

硬い腹部でこすられると、そこは堪《こら》えきれずに、先端《せんたん》に露《つゆ》を結ぶ。

「いいよ。濡らして……」

順平《じゅんぺい》のてのひらに包みこまれ、やんわりと揉《も》まれると、先走りの蜜《みつ》は、次から次へとあふれてきた。

「はしたなくて、素敵だ」

指先でその蜜《みつ》をからめとるだけではなく、順平《じゅんぺい》は身体をずらして、そこに顔をうずめる。

「ん、ぁっ」

敏感な欲望《よくぼう》をなまあたたかい舌と口腔《こうこう》でなぶられて、冬吾《とうご》は、思わず順平《じゅんぺい》の髪に指をからませた。

夢中で順平《じゅんぺい》の頭を抱き寄せながら、大きく腰を振ると、冬吾《とうご》のものは、あっけなく弾《はじ》けた。

「あぁっ」

それを順平《じゅんぺい》が、吸い上げながら飲みこむのを感じて、冬吾《とうご》はひくひくと下肢《かし》を痙攣《けいれん》させる。

冬吾《とうご》のものを飲み干した順平《じゅんぺい》は、濡れた唇《くちびる》を片手の甲《こう》でぬぐいながら、ゆっくりと身体を起こした。

「俺のも、舐《な》めてくれますか？」

冬吾《とうご》は無言《むごん》でうなずくと、順平《じゅんぺい》の手を借りて起き上がる。

順平《じゅんぺい》の股間にうつぶせになって、たくましく反《そ》り返ったものにちろちろと舌を這《は》わせるうちに、冬吾《とうご》はまた自分の下腹が濡《ぬ》れ始めるのがわかった。

「もういいから、俺の膝《ひざ》に来て」

腕を引かれ、順平《じゅんぺい》の膝の上に抱き寄せられる。

いつのまに用意したのか、甘いローションの香りが漂《ただよ》う。

南国の花の香りだ。

深い森の中に、花が咲き乱れるイメージが、冬吾《とうご》を夢心地《ゆめごこち》にさせた。

冬吾《とうご》はうっとりと順平《じゅんぺい》の首にしがみつく。

その隙《すき》に、順平《じゅんぺい》はローションを自身の猛《たけ》った肉茎《にくけい》と、冬吾《とうご》の双丘《そうきゅう》の谷間に塗りこんだ。

「あっ」

双丘を割り開くように両手でつかまれたかと思うと、淫《みだ》らな音を立てながら、順平《じゅんぺい》が冬吾《とうご》の中へ攻め入ってくる。

「ひっ、あっ」

痛みよりも、快感の記憶が脳裏《のうり》に甦《よみがえ》り、冬吾《とうご》のひだは、順平《じゅんぺい》の欲望《よくぼう》を絞《し》めつけながら、飲みこんでゆく。

「冬吾《とうご》さんっ」

順平《じゅんぺい》は、とろけそうに冬吾《とうご》の名を呼ぶと、進退《しんたい》をくり返しながら、奥まで突き上げてきた。

「あっ、順平《じゅんぺい》、あぁっ」

深すぎる快感で、意識が途切《とぎ》れ途切れになる。

それでも、愛しくて仕方のない順平《じゅんぺい》のものを、冬吾《とうご》は夢中で絞めつける。

「俺たち、ひとつになってるのがわかる？」

順平《じゅんぺい》が耳元でささやく。

「あぁ。たまらない……」

その瞬間《しゅんかん》、順平《じゅんぺい》のものがさらに大きく張りつめて、ドクンと脈《みゃく》打った。

「あっ、はぁっ」

「愛してるよ、冬吾《とうご》さん。あなただけを」

「俺もだ」

激しく突き上げられながら、冬吾《とうご》は順平《じゅんぺい》にしがみつく。

「あ、もうっ」

「一緒にいこう」

甘くうながされて、冬吾《とうご》は、欲望という名の愛の証《あかし》を、勢いよく弾《はじ》けさせていた。


「冬吾《とうご》さん、大好き」

泡だらけにした浴槽《よくそう》の中に二人で沈みこみながら、順平《じゅんぺい》がまた身体をすり寄せてくる。

「俺もおまえのことは好きだが、そのけじめのなさは、どうにかしてほしい」

「なに云《い》ってるんですか、まだ若いのに」

「おまえよりは、年上だからな」

フルーツの香りの泡で胸元を愛撫《あいぶ》されて、また感じそうになりながら、冬吾《とうご》は必死に牽《けん》制《せい》する。

「たった数ヶ月のくせに」

「いいから、休ませろ！」

腰に巻きついている順平《じゅんぺい》の腕を引き剥《は》がそうとするが、逆に抱き寄せられてしまった。

「俺は、一晩中やるつもりですよ」

順平《じゅんぺい》は、力強く宣言する。

「部屋に入るとき、そう自分に誓《ちか》ったんだから」

「覚悟を決めろっていうのは、そういうことだったのか？」

冬吾《とうご》は、呆《あき》れて、順平《じゅんぺい》を肩越《かたご》しに見つめた。

「おまえって奴は、どれだけ絶倫《ぜつりん》なんだ？」

「先輩だって、すごいじゃないですか」

「俺は……。とにかく、おまえがしつこいのが悪い。このケダモノめ！」

冬吾《とうご》が責めると、順平《じゅんぺい》は、開き直ったように云う。

「だって、あのショーヘイの息子だし。あ、そういえば、親父《おやじ》からサイン届いてますよ。色紙と、脱ぎたてTシャツと、下着の三枚」

「そ、そんなに？」

「ちゃんと、マイディア冬吾《とうご》へ、って入ってます。思わず破り捨てちゃうところだったけど、我慢《がまん》しました」

そう云《い》って、順平《じゅんぺい》は、ご褒美《ほうび》がほしそうに顔を寄せる。

「よしよし、いい子だ」

頭を撫《な》でてやると、順平《じゅんぺい》は、違うと冬吾《とうご》の唇《くちびる》を奪った。

「ね、先輩……」

甘いキスをくり返しながら、いきなり順平《じゅんぺい》が訊《き》く。

「親父のサインと俺、どっちが欲しい？」

「ショーヘイのサイン」

わざと意地悪《いじわる》をして、冬吾《とうご》が云うと、順平《じゅんぺい》は、雨に濡《ぬ》れて耳のたれた仔犬《こいぬ》みたいに、しゅんとなる。

そんな順平《じゅんぺい》が可愛すぎて、もう一度自分からキスをしながら、冬吾《とうご》はささやいた。

「おまえが欲しいに決まってるだろ。俺も……おまえにフォーリンラブだから」

巻末特典

寝技には秘密がある♡
キャラクター設定集

中《なか》津《つ》川《がわ》 冬《とう》吾《ご》

Tougo Nakatsugawa

月夜の宮学園柔道部の部長。漢気があって情にもろく、ほだされやすい性格。綾斗に想いを寄せていたが、綾斗が麗音と付き合ったことで、告白前に失恋した。身長178cm・高2。

▶真面目な性格が、その凛とした表情にも出ている

旭炬先生より一言

"男前美人"ということなので、凛々しいイケメン眉毛にしました！ 綾斗ほどパッとした美人ではない感じですが、よく見たら肌とか髪とかすごい綺麗というタイプだと思います♡ 自分の魅力に気づいていなさそうなところが萌えますよね!!

冬吾 柔道着ver.

◀たっぷりした柔道着もビシッと着こなせるスタイルの持ち主

◀実力も統率力もあるので、柔道部ではみんなに頼られる存在

▲▶隙のない横顔を見せたかと思えば、茶目っ気たっぷりの屈託のない笑顔も♡

山《やま》下《した》順《じゅん》平《ぺい》

Junpei Yamashita

月夜の宮学園剣道部の副部長で、上級生からも一目置かれるモテ男。綾斗にフラれて以来、“男性機能”を喪失している。長身で引きしまった体つきは父親譲り。伸び盛りの高1。

▶冬吾より一学年下だが、いつも余裕たっぷりの表情を見せる

旭炬先生より一言

年下の大型犬タイプということで、ゴールデンレトリーバーのイメージで描きました！　何気に自分を良く見せるポイントとかわかってそうです……っ！　流し目とか意識してできそう（笑）。男の人らしい綺麗で大きい手をしてそうです♡

◀部活あとの表情。何事もそつなくこなすほうだが、部活には真剣に取り組む

▶剣道部での活動時には胴衣と袴を着用

▲▶クール な表情が多いが、先輩を前にして歳相応の表情を垣間見せることも

巻末描きおろしマンガ

隙だらけ♡ by旭炬

んな…っ!?
ど、どうしたんだっ姫宮!?
スラックス汚しちゃったからジャージ取りに来ただけ
はわわわ
そ…うか…
姫宮の生足…!!
ガチャ
先輩ちょっといいですか?
ああ順平かどうかしたか?
ちょ!??
うわっ
おい!大丈夫か!?
――――!!?
ぶる
ぶる
確かに今の姫宮は目に毒だよな…無防備すぎるのも考えものっていうか
あなたですあなた!!
鈍すぎる!
がしぃっ
?
うるさい…

旭炬's FREE TALK
？
見ていたい…が止めるべきなのか!?
いやいややらないから

こんにちは。挿絵を担当させて頂いた旭炬です。

今回は前作で綾斗にふられた順平と冬吾のお話ですね！

今回の主人公がこのふたりになったのには、（お話をいただいた当時）正直驚きましたが、今回も素晴らしく萌えるお話で、始終ハァハァしながら描かせていただきました♡

特に、真面目で男前なのに天然という冬吾はたまらないですね……!!!　可愛いモノが好きなところも、「そんな冬吾自身が可愛いから！　この鈍感!!」と言いたくなります（笑）。

そして巻末マンガとここのイラストは、私の趣味により生足のオンパレードです／(^０^)＼。すみません大好きなんです。

綾斗はもちろん、冬吾もなかなかの美脚の持ち主だと思います!!

それではまたお目にかかれる日まで、しばしのお別れを……。

今後とも精進してゆきますので、どうぞ宜しくお願い致します！

旭炬　拝

あとがき

皆様、こんにちは。オニを愛しキュンに生きる愛のおにきゅん戦士★南原兼《なんばらけん》です。このたびはお日柄《ひがら》もよく、もえぎ文庫ピュアリー「寝技には秘密がある♥」を捕獲《ほかく》いただきまして、どうもありがとうございます。この本で、おにきゅん愛の伝道書《でんどうしょ》も１３７冊となりました。まだセーフティモード運転中ですが、じわじわ飛ばしていこうと思っていますので、これからも応援どうぞよろしくお願いします。

さてさて『秘密がある♥』シリーズ第三弾！　前回、猛者姫《もさひめ》にふられた剣道部副部長の順平《じゅんぺい》と柔道部部長の冬吾《とうご》の肉弾戦《にくだんせん》ラブストーリーです。最初は優しい先輩にキュンな仔犬《こいぬ》ちゃん攻めの予定でしたが、書き始めたら順平《じゅんぺい》のエロパワーに翻弄《ほんろう》されて、飢《う》えた狼《おおかみ》攻めなお話になってしまいました。「このケダモノめ！　このケダモノめー！」と口走りながら書いてました。た、体力消耗《しょうもう》したー（笑）。関係ないですが、自分的にツボだったのは、プロット用の順平《じゅんぺい》キャラ紹介に書いた『大型わんこ系攻め。勢いよく成長中』(笑)。順平《じゅんぺい》くん、いろんな意味でまだまだ成長しそうなので冬吾《とうご》先輩も大変ですね。あと、修羅場《しゅらば》中《ちゅう》に一人で爆笑してたのが、昇平《しょうへい》パパのフラメンコ踊《おど》りながらの必殺技のところ。実は、フラメンコをうっかりフラダンスと書いてしまっていて、想像して腹筋破裂《ふっきんはれつ》しかけました。ショーヘイらぶ(笑)。せっかくなんで、順平《じゅんぺい》も冬吾《とうご》もアクション俳優《はいゆう》めざしてほしいなぁ。

今回も輝夜《かぐや》×千早《ちはや》、麗音《れおん》×綾斗《あやと》カップルはらぶらぶでした。どっちのカップルも大好きなので、また書けて嬉しかったです。綾斗《あやと》ときたら、麗音《れおん》の性感帯を開発しようとかしてるし（笑）。この2カップルメインのもえぎ文庫ピュアリー既刊《きかん》『男の子には秘密がある♥』＆『片想いには秘密がある♥』も合わせてお楽しみいただけると幸いです。ＣＤも発売中です。ご出演は、輝夜《かぐや》（森川智之《もりかわとしゆき》様）、千早《ちはや》（水島大宙《みずしまたかひろ》様）、麗音《れおん》（子安武人《こやすたけひと》様）、綾斗《あやと》（佐藤雄大《さとうゆうだい》様）、順平《じゅんぺい》（羽多野渉《はたのわたる》様）、冬吾《とうご》（遊佐浩二《ゆさこうじ》様）。本当にすごく素敵なので、ぜひ聴いてくださいね。旭炬《あさひこ》先生の萌え萌えな描きおろしカバー＆四コマも必見です。

旭炬先生♥　今回も美麗《びれい》な吐血《とけつ》萌《も》えイラスト、どうもありがとうございました。胸板《むないた》がエロすぎです〜。お身体に気をつけて頑張ってくださいね。またよろしくお願いします♪

そして、この本の発行にあたり、大変お世話になりました担当様方、関連各社のスタッフの皆々様にも心から感謝を捧げます。最後になりましたが、読んでくださった皆様、うるとらすぺしゃるありがとうございます！　女の子のためのクチコミ＆投稿マガジンへのご感想＆投票も超絶《ちょうぜつ》感謝です。ピュアリーの各シリーズともども、この『秘密がある♥』シリーズも、ご布教《ふきょう》かつ、ご感想どうぞよろしくお願いします♪　南原のお仕事情報等は公式ＨＰ『おにきゅん帝国』でチェキよろしく〜。ぶっちゃけ情報満載の無料メルマガもありますので、ご登録いただけると幸せです。ではでは、また笑顔でお逢《あ》いし魔性《ましょう》♪

愛をこめて♥　南原兼＆１０８おきちく守護霊軍団《しゅごれいぐんだん》

寝技には秘密がある♥

2009年5月8日　初版発行

制作協力者一覧
文　南原 兼
イラスト　旭姫

カバーデザイン　office609★
本文デザイン　古橋幸子　office609★

発行人　大野正道
編集人　織田信雄
総括編集長　近藤一彦
制作編集長　岡部文都子
企画編集　オーパーツ
発行所　株式会社学習研究社
〒141-8510
東京都品川区西五反田2-11-8
印刷所・製本所　凸版印刷株式会社

この本に関する各種のお問い合わせは、次のところにご連絡ください。
●編集内容については☎03-6431-1499(編集部直通)
●在庫、不良品(落丁、乱丁)については☎03-6431-1201(出版販売部)
●それ以外のこの本に関するお問い合わせは、学研お客様センターへ
文書は〒141-8510 東京都品川区西五反田2-11-8 学研お客様センター「もえぎ文庫ピュアリー」係　電話は03-6431-1002
●この本は製版フィルムを使用しないCTP方式で印刷しています。